Ruth Bietenhard

Wörter wandere dür d Jahrhundert

Ruth Bietenhard

Wörter wandere dür d Jahrhundert

Bärndütschi Spracherläbnis

Cosmos Verlag

Lektorat: Roland Schärer
Umschlag: Stephan Bundi, Niederwangen bei Bern
Satz und Druck: Schlaefli & Maurer, Interlaken
Einband: Schumacher AG, Schmitten
ISBN 3-305-00256-5

Inhalt

III. K–O

IV. P–T

V. U–Z

Es Fragezeiche als Vorwort?

Mir stande a nere Jahrtuusetgränze. Da dominiere d Angscht und d Schwarzseherei: Was vergeit jitz, was cha sech übere rette, was blybt nachär no? Und so ghört me o geng wider vo üsem Bärndütsch jammere: Es wird verschwinde, es cha nid überduure! Und we's verschwindet, was chunt de? En allgemeini schwyzerischi Umgangssprach i Zürcherfärbig? Es halbbatzigs Hochdütsch? Oder en änglisch-amerikanischi Pop-Sprach?

Wiso luegt me i settigne Zuekunfts-Ängscht nid einisch zrügg uf üses Jahrhundert, wo mindschtes drei handgryfflechi bärndütschi Entwickligsgümp erläbt het? Dass derby – und o scho hundert Jahr vorhär mit em Gottlieb Jakob Kuhn – Dichter und Schriftsteller en entscheidendi Rolle gspilt hei, zeigt o grad, wi wichtig 's isch, wen e Mundart sech o schriftlech cha usdrücke. Mit em Tavel, em Greyerz, em Grunder und em Gfeller hei ab 1901 («Jä gäll, so geit's») der stadtbärndütsch und der ämmetalisch Sprachgrund sech gfeschtiget und überduuret bis hütt. I de schlimme Jahr rund um e Zwöite Wältchrieg het sech ds Bsinne uf di eigete Wärte vorab o a der eigete Sprach feschtgchlammeret. Me cha ja hütt säge, dass ds bluemete Trögli im Radio und d Balzli-Hörspil üser Mundart meh gschadet als gnützt heige – aber denn hei si müesse cho und sy rundume mit Fröide ufgno worde! Me het denn d Gmeindratssitzige gnau so müesse verschiebe wi i üsne hüttige Jahrzähnt wägem Zyschtigs-Krimi im Fernseh. Nach em Balzli-Muschg-Chrieg isch aber du d Bärndütsch-Produktion a Büecher um meh als d Hälfti zrügg gange. Won i 1954 für ne chlyni finanzielli Unterstützig für nes bärndütsches Wörterbuech bi ga tschämele, han i rundewägg der Bscheid übercho, das interessier doch hütt niemer meh (derby isch denn grad ds züridütsche Wörterbuech usecho). Ände sächzger Jahr isch du der gross Nöi-Ufbruch cho: d Bärner Chansonniers mit em Mani Matter und d Gedicht vom Kurt Marti und em Ernst Eggimann. Das het e ganz nöie Entwickligsschub vo üser Sprach bedütet: Us em Dialäkt isch d «Umgangssprach» worde und us em Heiligtum e Freiheit, wo allem Usdruck cha gä und keni Gränze meh gchennt. Wen i de dryssger Jahr der Otto vo Greyerz und der Kaspar Freuler no gchrieget hei drüber, öb men im Dialäkt o truurigi Theaterstück dörf schrybe (Greyerz) oder nume luschtigi (Freuler), und beidi sech nume einig sy gsi, intellektuelli Wärte syge unbedingt der Hochsprach reserviert, ersetzt jitz der Dichter chaltblüetig Abstraktion dür Bildhaftigkeit und lat Ungryffbars *(Zyt isch nid Zahl, nid Strecki)* uf so öppis Banals wi nes Salatsib *(Zyt isch es Löcherbecki)* ryme, bevor er de wider todärnscht theologisch feschtstellt: *wo scho nach churzem Ufenthalt der Mönsch zdürab i d Unzyt fallt* (Kurt Marti i sym berüemtischte Gedicht). Das het em Bärndütsch nöji Türe ufta, wyt über üsi Mundart-Gränzen use. Em Tavel sys «Ja gäll, so geit's» het wi ds Nöie Teschtamänt bärndütsch d Füfzg-Tuuseter-Verchoufsgränze scho lang überschritte. I de letschte Jahrzähnt hei d Bärner Verleger lieber bärndütschi Gschichte und Romane ddruckt als hochdütschi – sogar we's um Krimi ggangen isch. Bärndütsch isch o geng meh zur moderne Liedersprach worde und i d Pop-Kultur ytoucht.

I sälber schrybe nume bärndütsch, wen i Luscht derzue ha; «si le cœur m'en dit», seit der Franzos. Derby zilet ds Wort cœur vil tiefer und höcher als ds dütsche «Gefühl» oder «Lust». Der Philosoph Blaise Pascal het dermit di mönschlechi Offeheit für alles, wo über e Verstand uusgeit, bezeichnet. Und wil däm d Mundart, d «Muetersprach» vil besser zum Usdruck hilft als d Hochsprach, reden und schryben i so gärn bärndütsch. Und drum bin i o überzügt, dass üses Bärndütsch d Jahrtuusetgränze unbschadet wird übergumpe. Verändere wird es sech, süsch wär's ja tot und nid läbig – aber läbe wird's wyter, fröhlech oder ärnscht wi eh und je. Es wär schön, we my Zwänzg-Jahr-Uswahl vo Artikle us em «Stübli», der Bärndütsch-Kolumne i der Sunndig-Bylag vo der Bärner Zytig «Der Bund», zu däm Wyterläbe chly dörft bytrage – i meine, wie me Wasser a nes Pflänzli schüttet.

Di Wortgschichte us em «Stübli» verwäbe sech wi vo sälber mit myr Läbes- oder emel myr Jugetgschicht. I ha sen aber weder de Läbesdate no den Erschynigsdate vom «Bund» naa gördelet, sondern se wi ne Wort-Chrälli-Reie alfabetisch ufzoge. My Wörterbuechliebi, won i zersch bi myr Arbeit am «Vocabolario dei dialetti ticinesi», speter vier Jahr am «Glossaire des patois de la Suisse romande» und schliesslech am «Bärndütsche Wörterbuech» usgläbt ha, lat sech eifach nid la verlougne. Und vilecht isch's o für öich luschtiger und eifacher, das, wo nech gluschtet, ender em Alfabet naa z sueche als nere Läbesgschicht naa, wo ja nid bsunders originell isch. Teil Artikle han i gchürzt oder abgänderet, zwee sy i anderne Zytige erschine. Datiere tuen i se nid; mängisch chöit der ires Alter errate. Es wär schön, we öich ds Läse so vil Fröid miech wi mir ds Schrybe. Zum mindschte geit's gleitiger. Also nume hü!

Vom Heimatgfüel i der Aare und vo de Lodeli

My Heimatbeziehig isch eigetlech geng vorab es Gfüel gsi, kes Gedankegeböud und kes Notezügnis. Und zwar es Gfüel, wo's vil meh mit der Schönheit vo üsem Land und mit der Dankbarkeit, dass i hie darf läbe, z tüe het als mit syne Politiker oder o syne «Kulturschaffende». Aber me cha mer natürlech mit Rächt eggägeha: Isch hütt d Schönheit vo üsem Land no z rette, ohni dass d Gedanke, d Politik und d Wirtschaft mitmache? Trotzdäm wett i jitz einisch vom Heimatgfüel rede.

«Als ich nach langem Aufenthalt in der östlichen Fremde meine Vaterstadt wiedersah, mit anderen Augen und verwundert wiedersah, suchte ich ihre Seele zu erfassen», schrybt der Otto vo Greyerz i sym Vortrag «Bernergeist» (1925). Bim Bade in der Aare syg's ihm du grate. «Wenn ich beim Mittagsglockengeläute in dem jauchzenden Gewimmel der schaumspritzenden Schwimmer auf dem Rücken liegend den Fluss hinabglitt, vor mir auf steiler Höhe die Bundeshäuser und den sonnigen Münsterturm, der seinen Glockensegen zu der kalten Taufe gab, dann wurde mir zur Gewissheit: Das ist Bern, mein Bern.» Vileicht lachet dihr jitz und säget: Mir gseh der Gurte und nid ds Bundeshuus, we mir rügglige d Aare ab schwümme! Oder isch der Vogi ächt füessvoraa gschwumme? Aber dihr gspüret win ig: Das isch Näbesach. Ds Wichtige a däm Satz isch: Es git's, das Zämeträffe vo chuelem Wasser, luschtige Lüt, Gloggeglüt, Wöhli bis i d Zääje und wi ne Blitz ds Wüsse: Das isch jitz dys Heimatglück, grad das, wo du jitz gspürsch, und das het jitz es Läbe lang dar! Der Greyerz isch e Meischter gsi im Formuliere vo so Gfüelsblitze – drum het er o so gueti Theaterstück gschribe –, und er het gwagt, als Maa und als Wüsseschaftler derzue z sta.

Ja, di offeni Aare und ds Marzilibad! Mir wohne jitz sit meh als vierzg Jahr nümme z Bärn. Aber ds Schwümme i der Aare z Bärn ghört zu myne sterchschte Heimatbindige, wo nüüt je cha löse. Als anderthalbjärig bin i ds erschtmal uf den Achsle vo mym Vatter dür di «Offeni Aare» abgschwumme. Mit de Händ han i mi a syne Chrüseli chönne ha. Nid dass i mi sälber draa tät bsinne: My Mueter het mer's aber meh weder einisch erzellt: Si het vom Wägli uus zuegluegt. Mir isch eifach d Fröid und der Gluscht vom Wasser bblibe. Wi mängisch sy mir speter em Aareport naa bis zum Spitz, bis zum Schönouerli oder bis zur Gürbemündig oder zu de Giesse, dene chalte Seeli längs der Aare, und vo dert abegschwumme! Bim Schönouerli sy mer vom Gländer mit emne Chöpfler i d Aare, Meitschi und Buebe, me het nume müesse ufpasse, dass es eim nid z hert uf e Buuch gschlage het. Nachär het me sech vo der Strömig chönne la trage, aber geng het o chly Chummer mitgspilt (das het zum Glücksgfüel ghört!): Chumen i ächt zueche, ohni d Chnöi aazschla, verwütschen i ds letschte Stägli, oder nimmt's mi ächt wyter, under em Dalmazibrüggli düre, über d Schweli oder sogar bis i Tych (so het der Aarekanal i der Matte gheisse: es isch ds glyche Wort wi hochdütsch Deich, wo ganz früecher beids het chönne bedüte: der Wasserlouf und der Damm)?

Mir sy uf unändlechi Arte gschwumme: nume weni dervo sy olympiadewürdig: *gschwöblet* mit em Gsicht under Wasser (das Wort chunt allwä vo «schwäbe», wo früecher under der Wasseroberflächi lige oder schwümme het gheisse, drum heisst o ds Schwäbis, das Quartier a der Aare vor Thun, eso), *züüglet* mit länge Schwümmzüüg, *gweidelet* (da bsinne mi nümm, wie das ggangen isch) oder *ghündelet* (bsunders grad vor em Stägli: mit de Händ gwedlet wi ne Hund) und als gröschti Chunscht: *tötelet:* uf em Rügge gläge, ohni e Bewegig z mache, so lang, bis es eim underegno het. Zwüschinn hei mer öppe emne Weidlig müesse uswyche, so emne majestätische Aareschiff, i alte Zyte es Verchehrsmittel zwüsche Thun und Bärn, aber es het o für ds Fische ddienet (drum heisst's Weidlig: Nid wil's us Wydeholz bbouet isch, wi der Grimm vermuetet – de hiess es bi üüs und o im Mittelhochdütsch ja Wydlig; nei, wil's zur «Weid», zur Jagd und Nahrigssuechi, bbruucht isch worde).

Und we mer jitz scho bi däm, wo myni «Stübli»-Läser am meischte interessiert, gländtet sy, bim Ursprung vo de Wörter, hie vo de Aarebadwörter, chunt mer no grad eis z Sinn: We me im Dählhölzlirank düreschwümmt, zwüsche Eichholz und Schönouerli, mues me guet ufpasse uf d Lodeli, di chlyne, hässige Wälleli, wo eh weder nid i Wirble übergange und eim gääi chönnen abezie. I ha das Wort nie neimen anders ghört als bim Schwümme i der Aare – o einisch vo öpperem, wo under der Jabärgbrügg düren isch. Ghört Lodeli zu *lodele,* wo waggele und hüdele bedütet? En abegrissnige Soum lodelet oder e Fellade, wo nid rächt aagmacht isch. Das Verb chunt synersyts vom Houptwort Lode. «Loden» choufe mir hütt als tüüre, dicht gwobene Wullestoff vorab us Bayre. Aber früecher het Lode e billige, schlächt gwobene und unsorgfältig gspunnene Stoff bedütet, zöttelige Wullestoff i de nördleche Länder und bi üüs lützli, billigi Bouele, wo me bbruucht het, für Wareballe z mache. O d Schiffslüt uf der Aare und uf em Thunersee hei iri War ypackt i Lode und däwä zu Büntle bbunde.

Z Thun und im üsseren Oberland heisst no hütt e Papiersack «es Lödli». Ds «Schwyzerdütsche Wörterbuech» seit zwar, das chöm vom «Lot», emne Gwichtsmass, wo de o d Grössi vom Papiersack bestimmt het. Das längen -ö- vo Lödli chönnt däm rächt gä, aber ds -d am Schluss gäb mir rächt: *Lödli* chönnt äbesoguet wi *Lodeli* und *lodele* zur Wortfamilie vo *Loden* ghöre wi zu *Lot*.

Aber chöme mer no einisch zrügg zur Aare und zu däm, won i am Aafang gschribe ha. I mues eis dütlech säge: D Aare isch hütt vil süberer als denn, wo mir dinn gschwumme sy. So gäge Herbscht zue, we's weni Wasser het gha, hei mer mängisch bim Schwümme tote Chatze oder Müüs und jeder Sorte Gagle, vom Hund bis zum Mönsch, müesse uswyche – es isch öppe es rächts Hindernisschwümme gsi, und de isch eim de der Badgluscht vo sälber vergange bis zum nächschte Jahr. Aber trotzdäm heit dihr natürlech rächt, und mi mues es geng wider säge: D Fröid a üser Heimat mues zämega mit em Sorgha derzue – und das Sorgha mues o wyt über üsi Heimatgränzen uus ga. I bsinne mi ewig a ne Cabaretnummere vom Hans Dieter Hüsch: Z Köln, het er erzellt, syg jedes Tröpfli Rhywasser scho sächsmal dür d Mönsche düregloffe, und geng no bruuch me's zum Trinke. Won er das z Köln einisch gseit heig, heig öpper hinden im Saal lut glachet, und won är ddänkt heig, da heig eine no ne guldige Humor, syg's us-cho, dass es e Schwyzer syg…

Ds Ääri

Im «Stübli» vom 2. Dezämber 1979 han i am Schluss, wi no öppe, namene alte bärndütsche Wort gfragt: *Ääri, Oberääri* oder *Usseääri* oder o *Ääli.* Das Wort mues im Oberämmetal daheim sy und bedütet di üsserschti Schicht vo der mönschleche Hut. I der Roman-Übersetzig vom Ramuz sym «Jean-Luc persécuté» («Hans-Jogg») schrybt der H. U. Schwaar: «D Hose u ds Hemmli sy verschrisse gsi u ds Scheichli öppis quetscht, u chly vom Usseräli ab, aber we me a ds angere cho isch, het er gweberet» (der verunglückt Hans-Jogg). Im «Schwyzerdütsche Wörterbuech» isch das Wort nume für ds Luzärnische beleit, mit emne Hiwys uf bayrisch *Arich.* Mit em Wort (Chorn-)Ähri isch's nid verwandt.

Am 29. Dezämber steit de im «Stübli»:

Herrlech, wi vil Antworte wider cho sy uf my Frag nam Oberääri! Ds Wort Ääri isch no vil bekannter, als i gmeint ha, nid öppe nume bi der eltere Generation. Vom undere Simmetal über d Schwarzenegg dür ds Ämmetal bis ga Hasli, Sumiswald, Konolfinge u Münsige seit me no Usseräari oder ds usser Ääri. Glungenerwys chunt aber z Langnou und z Trueb nume Oberääri vor. So isch es ja im «Schwyzerdütsche Wörterbuech» o für ds Luzärnische aaggä. Us allnen Egge chunt o der glych Satz als Byschpil: Bi mene Schurpf, wo d Hut chly verletzt isch, blaset ds Mueti über e seere Blätz und tröschtet: «Es macht nüüt, 's isch ja nume ds Usseräári (oder ds Oberääri) ab!» En ehemaligi Langnouere seit mer, si heige's albe o vom farbige Schue-Läder gseit, we's chly abgripset isch gsi. Das uralte Wort isch also dank em Troscht vo liebe Müetere erhalte bblibe.

Ääli statt *Ääri,* wi's der Herr Schwaar im «Hans-Jogg» bruucht, isch mer vo gar niene süsch zuetreit worde. Der Herr Schwaar schrybt mer da derzue: «Es het mer eke Ruew gla, bis i der Frag: Oberääri, Usseräári, Usseräli nachegange bi. Zersch bin i hinger myni Schüeler. U dert het's eso usgseh: Füfzäche vo einezwänzg bruuche das Wort no. Zwe us em Dorf Langnou säge: Oberääri, di angere (us em ganze obere Ämmital) alli: Usseräári, aber ke einzige: Usseräli. We mir also nid no öpper zbescht redt im ‹Stübli›, isch das e Fähler, won i uf my Chappe mues näh. Aber i ha's itz mit Grosättin, wen ihm Grosmüeti d Chappe gschrote het: ‹Da chaisch di aber ume eis schäme!› – ‹Eh, mi het sech no grad eis echly gschämt!›»

Zur Etlaschtig vom Herr Schwaar schrybt mer aber e Kollegin us em glyche Dorf, der Dichter C. A. Loosli heig öppeneinisch *Ääli* für Chornääri gschribe, zum Byschpil i «Mys Ämmital»:

«Hesch's ou scho gseh, we ds Gwächs faht afah trybe,
wen ei Halm wi der anger glych höch steit,

we d Ähli fürechöme, afah lybe,
u bürschtedick si eis a ds anger leit?»

O d Seisler säge ja Choer-Eeleni für Ääri. Ääli und Ääri sy also i der Ussprach naach zäme.

Vo wo chunt ächt das Wort? Es ghört zum Wort *Arche,* däm uralte indogermanische Begriff für Bhälter, Ghalt. Das passt ja o für üsi Hut. Ds R schlückt no gärn sy nachfolgend Mitlut, ddänket nume a Märit, aarig und ferig oder o ds Wort Bire, nid nume für d Frucht, sondern o für d Birche, wo d Gebärmueter vo der Chue bezeichnet.

Nachschrift e Tag speter: Geschter aabe han i bim gruusigschte Sturm my «Stübli-Artikel» uf d Poscht bbracht. Uf em Heiwäg triffen ig e Bekannti, wo mer seit, si heige daheime geng Usseraäli gseit! Si isch im Eriz ufgwachse. Ds ganze Tal säg ires Wüsses no so, seit si. Da dermit wär also em Herr Schwaar sys Usseräali legitimiert und di sprachlechi Zueverlässigkeit vom Schriftsteller einisch meh bewise. Jitz isch usgschämt, Herr Schwaar! Nüüt für unguet und excusez mynersyts!

ane

Amene späte Vormittag hei der Rainer Maria Rilke und der Carl J. Burckhardt bimene chlyne alte Buechhändler im Quartier latin z Paris ganz zuefällig der Lucien Herr, Bibliothekar vo der École normale supérieure, troffe. Natürlech hei si über Dichter zäme bbrichtet, und der Strassburger Lucien Herr het bhouptet, es gäb numen eine, wo men em Fabledichter La Fontaine chönn a d Syte stelle, und das syg der Johann Peter Hebel. Derzue het er sys Gedicht vom Gwitter zitiert:

Der Vogel schwankt so tief und still,
Er weiss nit, woner ane will.

Der Rilke, vo Geburt e Prager, seit, är chönn das «ane» nid verstah, und der Herr erklärt ihm, das bedüti: hin. «Und weiss nicht, wo er hin will.» Aber sofort hänkt er aa: «Das ist gar nichts mehr und hat keinerlei poetischen Gehalt. In dem ‹ane› liegt es. Darum kann man nicht trennen, die Sprache und der Dichter sind eins; sie bilden ein Phänomen zusammen. Auf das Individuum kommt es eben überhaupt nicht an, sondern nur auf die Koinzidenz zwischen Mensch und Ausdrucksmittel, Zeit und Ort.»

Das erzellt der Carl J. Burckhardt i syr Gschicht «Ein Vormittag beim Buchhändler» und macht derby ds Wörtli «ane» zum Ufhänker für ne literarischi Meinig, wo em Rilke allwäg z chüschte ggä het.

Dass «ane» im Baseldütsch und z Züri no bbruucht wird, han i gwüsst. I ha's als Chind o no öppe vo Stadtbärner ghört. Aber bruucht me's no hütt im Bärndütsch? Im Brachmonet han i das d «Stübli»-Läser gfragt un e ganzi Zylete interessanti Antworten übercho.

Ja, me bruucht's no, landuuf, landab, vo Opplige bis i ds Oberaargau. Aber doch rächt sälte, eigetlech fasch nume no i Verbindig mit ufe (ufen und ane) und mit de Verbe cho und mache. «Er chunt nid a d Leischtige vo sym Brueder ane. – D Füürwehrmanne sy fasch a d Chüe ane cho, aber du hei si wägem Rouch wider zrügg müesse. – I la's emel a mi ane cho, de gseh mer de, was z machen isch.» Das sy luter Sätz, wo mer der Herr K. vo Gümlige ufgschribe het. – «Anemache» heisst z leid tue, aber meh unfreiwillig, also nid grad z leid wärche. «Mit dym unüberleite Gred hesch du mir öppis anegmacht», seit e toubi Frou irem Ma (und derdürtwille, dass är is das bychtet, het er's sicher scho ume guet gmacht!). Im Roman vom Tavel seit d Frou Kätheli em Chrischtoph, wo um z verrode no znacht d Louise de Fortonie wott ga z Red stelle, öb si jitz ihn oder sy Brueder lieber heig: «Wenn du Liebi zuenere hesch, so machsch nere das nid ane. Si het hütt Emotione gnue gha» (Frou Kätheli, S. 348).

Glungen isch, dass i vo zwone zueverlässige Syte us em Oberämmetal der Bscheid übercho ha, si sägi zwar anecho, aber annemache mit zwene -n-! Also: Gäll, mach mer das nid anne!

Das zeigt doch rächt dütlech, dass ds Wort ane im Bärnbiet uf em Rückzug isch. Me bruucht's geng weniger, wil ds Wörtli «häre» 's eigetlech fasch ganz uf d Syte gstellt het. Und i sprachbewahrende und sprachbewusste Gägete, wi ds Oberämmetal eini isch, ersetzt me's de dür nes Wort, wo fasch glych tönt, aber no bekannter isch, äbe: anne.

Vo der Sprachgschicht uus gseh, isch das natürlech ganz lätz: Ane (us: an-hin) git d Richtig, d Bewegung neimehi aa und anne (es versterchts an) der Ort, wo me steit. Genau glych gange: use – uss(e), yne – inn(e), ufe – (dr)uff(e), häre – här, füre – voor. Also: Gang use – i bi ja scho dusse, chumm yne – i bi ja scho im Huus inne, zeig häre – es isch lang här, füre mit! – voor uf em Schurz.

I dene Summerferie han ig es bärndütsches Buech gläse, wo mer zu mene rächten Erläbnis isch worde. Es heisst: «Ter vögi isch e souhung», vom Martin Frank. Leider isch das Buech nid «stübli-rein», weder vom Inhalt (der Homoszene Züri) no vo der Sprach (emene strube Gielebärndütsch), no vo der Schrift (wi se di Jungen äbe schrybe: ixe heisst zum Byschpil: i gseh) här. Aber für mi isch es das bärndütsche Buech, wo mi sit Jahre am meischten erhudlet het und mi no lang nid wird losla. Und derzue isch es o nes Erläbnis, dass so öppis cha bärndütsch gschribe wärde, imene Bärndütsch, wo isch wi ne Brüel us där Ratlosigkeit, däm Eländ, däm überschwängleche Glück und däm abgrundtiefe Unglück, wo sech so vili Jungi hütt (und geng) dermit müesse umeschla.

Henu, dert steit e – ironisch gmeinte – Satz, warum der Held es Buech wott schrybe: natürlech, wil er Gäld nötig het. Aber äbe: «ä roman mues scho zimlech geil si, wenz gäut söu inecho. Mit tschembaloschpilenden eskimoos wirpme filech pekant, aber für chöle mues ou ir schwiz wiuders züg ane» (S. 17). Im Verbywäg merkt me hie, was der Mani Matter der junge Schriftstellergeneration bedütet! Jitz isch der Martin Frank zwar z Züri ufgwachse; aber er redt süsch es zsäges subers Bärndütsch. Das hiessi also, dass ds Wörtli «ane» no hütt, sogar bi de Junge, im Bärndütsch bbruucht wird.

Es Wörtli, wo der Tavel mit dem Frank verbindet! Beidi siege allwäg «merci!», vom Burckhardt nid z rede!

Bärndütsch – di absoluti Freiheit?

We me di jüngeri Generation fragt, warum si so gärn bärndütsch schryb, überchunt me mängisch zur Antwort: «Wil me sech nie mues frage, öb jitz öppis rächt oder faltsch syg. Me cha alls eso säge und schrybe, wi's eim grad chunt!» E junge Lehrer seit das i mene Brief eso: «Mundart ist meine Umgangssprache. Und die gehorcht keinen Vorschriften. Da muss alles erlaubt sein.» Also Bärndütsch als Verwürklechung vo der absolute sprachleche Freiheit! Da cha me gar nid anders, als einisch üsi Dichter frage, öb si o us däm Grund bärndütsch schrybe.

1979 seit der Martin Frank, wo z Züri zwar abgschnitte isch vo syne bärndütsche Wurzle, aber doch bärndütsch schrybt: «Tür trip pini ufz mundartschribe cho. I ha eifach einisch fergässen uf hochtütsch zschriben ude hani nieme usegfunde, werum i söu angers schriben ausi dänken u rede. Shepmer eifach nöm iglüchtet o wens am afang grusig schwär isch xi. I ha immerno schwirikeite, wöui nid weis wieni söu schribe. Sgit eifach nid gnue zeiche zum bärntütsch richtig schriben uso machis eifach uf guet glük.»

Da isch nüüt vo Freiheit! Der inner Zwang isch übermächtig, und ds Schrybe isch ender e Not als e Luscht. O für en Ernst Burren, der Solothurner Dichter, isch en inneri Notwändigkeit da. «I schrybe Mundart», het er mer gseit, «wil i i mir inn d Mönsche eso, und numen eso, ghöre rede.» Aber o ihm cha's Problem gä, mit de Forme und mit der Schrybwys. Im

Zwyfelsfall entscheid er albe nach em eigete Ghör, so, wien är's sälber tät säge – also nach sym Sprachgwüsse.

We mer a Aafang vo üsem Jahrhundert und zu de Schriftsteller dennzmal zrügg gange, de tönt's eigetlech gar nid so hert anders. «Warum ich ‹Ja gäll, so geit's› berndeutsch verfasste, weiss ich nicht. Es war ein glücklicher Einfall», het der Tavel einisch gschribe. Aber nachär boret er tiefer. Er heig nid nume die eigeti Stimm gsuecht, er heig ds Echo vom Läser, d Antwort vom «Volk» welle. «Härz zu Härz! Das wär so, was mer gfiel!» schrybt er i nere Gschicht, won er sym Verleger Francke widmet. Und da ratet ihm der Buechfink: «De gang uf em chürzischte Wäg, uf em Fuesswäg!» Also uf bärndütsch! Drum het ja o der Raffi Senno sy «‹demande en mariage› bärndütsch ufgsetzt, wil es so früsch us em Härzbode schiesst».

Rächt kritisch zum Bärndütsch schrybt der Simon Gfeller 1905, füf Jahr vor em Erschyne vo sym erschte bärndütsche Roman, em Otto vo Greyerz: «Zäh wie Lätt ist diese Mundart mit ihrer ungeheuren Menge blosser Flickwörter. Aber… Lätt ist schliesslich doch Grund, auf dem etwas haften bleibt.» O für ihn isch es also nid e Freiheit, ender en innere Zwang, bärndütsch z schrybe – e zääji, wen o solidi Sach! Was er mit de Flickwörter meint, chönnet der sälber merke, we der einisch di erschte Värse vom Johannesevangelium («Im Anfang war das Wort und das Wort war bei Gott») probieret z übersetze: sächs Mal «isch gsi» i eim Satz, wo im Hochdütsche mit «war» so vil besser tönt!

Ganz neu und anders redt der Kurt Marti imene Artikel, wo im glyche Jahr i der «Wältwuche» erschine isch wi syni bärndütsche Gedicht «rosa loui» («Weltwoche», 10. November 1967). D Mundart syg «von sklerotischen Symptomen weniger heimgesucht als die von Grammatik und Orthographie strenger regierte Schriftsprache…». «Was für schier unbegrenzte Möglichkeiten bietet eine Sprache, an der die Geschichte des modernen Gedichts nahezu spurlos vorbeigegangen ist! Man müsste blind sein, wollte man sich diese Chance, die hier noch mögliche Freiheit entgehen lassen!» («Weltwoche», 10. November 1967) Bi ihm chunt also zerschtmal d Idee vo der Freiheit im Mundartschrybe zum Usdruck. Es isch aber nid e Freiheit vom «alls isch erloubt», sondern eini vom «alls isch müglech». Und zwar wagt's der Marti als erschte, z behoupte, o «begriffliches Denken» chönn men uf bärndütsch formuliere. Allerdings syg's umständlecher, wil d Mundart nid eso nen abstrakte Wortschatz heig wi ds Schriftdütsch. «Es ist unmöglich, vom substantivierten ‹Sein› zu sprechen. Auf berndeutsch ist Heidegger nicht diskutierbar. Hier zeigt sich eine Grenze – ich weiss nur nicht, ist es eine der unseren oder eine der Heideggerschen Sprache!» Zerschtmal geit da e Bärner i d Offensive gäge ds Schriftdütsch als Gedankesprach und bricht e Lanze für di bärndütsche philosophische Müglechkeite.

Amnen ähnleche Trom ziet der Friedrich Dürrenmatt: «Die Sprache, die man redet, ist selbstverständlich. Die Sprache, die man schreibt, scheint selbstverständlich. In diesem ‹scheint› liegt die Arbeit des

Schriftstellers verborgen... Ich liebe Berndeutsch, eine Sprache, die in vielem dem Deutschen überlegen ist... Könnte ich deutsch, würde ich berndeutsch schreiben» («Weltwoche», 10. November 1967). O für e Dürrenmatt isch also Bärndütsch e Sprach, wo me alls drin cha säge, aber äbe: Grad drum, wil si so sälbverständlech tönt, schrybt är se nid!

Üsi Bärndütsch-Schriftsteller – das chunt gloub us allne dene Zitat use – schryben also bärndütsch ender us neren innere Notwändigkeit use, als wil di Sprach ne di absoluti Freiheit git. O für e Marti isch es meh d Unverbruuchti als ds «alls erloubt», wo ne macht bärndütsch z dichte. Ke Sprach isch äbe absolut frei vo Regle und Gsetz. Je wacher üses Sprachgwüsse isch, descht besser chöi mer gspüre, was es o im Bärndütsch ma «verlyde». Ei grossi Freiheit hei mer aber sicher: die vo allne schriftdütsche Zwäng. Nume sött me o die zersch gchenne! Freiheit isch ersch luschtig, we me weis, vo was und für was. «Könnte ich deutsch, würde ich berndeutsch schreiben!»

Der Byschtal, Byschtall oder Bystel

I der «Schwarze Spinne», der berüemtischte Gschicht vom Jeremias Gotthälf, heisst der Mittelbalke zwüsche zwöine Fänschter im Burehuus eso: «Fragen möchte ich doch, nehmt es nicht für ungut, warum da gleich neben dem ersten Fenster der wüste schwarze Bystel ist, der steht dem ganzen Hause übel an», seit e Toufi-Gascht. Und de erzellt der Grosvatter di grässlechi

Gschicht vo der Spinnele, und wi di zwöiti Christine im «Bystel» es Loch bboret u d Spinnele dry gschoppet het, ’s mit emne Zapfe vermacht und so d Wält vor där tüüflische Süüch grettet het, aber sälber dranne gstorben isch.

E köschtleche Läserbrief weis mer z brichte, wi di Gschicht nach em Gotthälf wyterggange syg. Wo das Huus im Hornbach hinder Wase, wo di Sach vo der Spinnele drinn syg passiert, het müesse abgrisse u nöi bbouet wärde, heige sech d Lüt gschoche, dä Byschtal eifach z verholze. «Ungerdesse heig me z Bärn inne vo däm Husbou öppis i d Nase ubercho u der Hornbechpuur heig dä Bitz Holz müesse i ds historische Museum schicke, dass me ne chönn ungersueche. Dä Byschtal syg aacho u mi heig der schwarz Zapfe süüferli usezoge. Aber was isch fürecho? Es nöis Loch, wo me mit eme modärne Zäntrumborer het bboret u mit eme alte Holznagel het vermacht gha! D Hornbechler hei drum – sicher isch sicher – der rächt Byschtal lieber i Bach usegschosse, won er bim neechschte Gwitteraaschutz furtputzt isch worde. Mit angerne Worte: Di schwarzi Spinne exischtiert vilecht geng no irget neime…»

Trotzdäm ds Wort Byschtal bim Friedli («Aarwangen») und bim Bieri («Läbigs Bärndütsch») vorchunt, han i numen en einzigi Mäldig us em Mittelland übercho, dass es no bbruucht wärd. Alli andere Nachrichte chöme us em Oberland. Gar niene heisst’s aber dert Fänschterstud, nei, überall Türpfoschte! Nume z Boltige heisst e Stuud uf der Loube vom Simmetalerhuus eso, und z Bönige bedütet es ds inwändige Simse vom

Fänschter oder sogar ds Podescht vom Chässpycher. Am Fänschterbrätt chönn e chlyne Stünggeler «der Grind am Byschtaal aaschla». Im Saaneland seit me vo mene Meitschi, wo grüüslech gärn wett tanze und vo der Tür här gluschtig i Tanzsaal yneluegt, aber niemer chunt's cho reiche, «es tanzi mit Byschtaal-Chrischte» oder «es syg es Byschtaal-Munggi». De Pföschte am Fänschter säg me z Boltige Lybleni, schrybt mer der Herr Stocker. Und vo Brienz chunt der luschtig Bscheid, we d Buebe ds Höi im Chlupfel i Schober treit und sech nachär der byssig Puggel am Türgreis gribe heige, so heig der Vatter glachet: «Ja, rangget numen eis, ds Byschtaal mag vil han.» Da isch Byschtal also sächlech, überall süsch isch es männlech.

Härcho tuet das Wort nid öppe vo piédestal, wi öpper mer vorschlat, aber vo *by-stelle* (by im alte Sinn vo: dernäbe). Es isch e Bitz Holz, wo bygstellt wird, für ne Fänschter- oder Türrahme z stütze. Und under Stall findet me's de o im «Schwyzerdütsche Wörterbuech».

Meh interessiert nech aber jitz gwüss, öb di gruusigi schwarzi Spinne ächt würklech no neime i der Wält umeschwümmt, wil se d Hornbechler i Bach use gschosse hei, statt im Museum abzlifere.

Henu, i cha nech berueige. Us emne Stöckli im Hornbach han i en andere Brief übercho, wo echly e troschtlecheri Wändig vo där Gschicht weis z brichte. Das Huus vo der schwarze Spinne syg scho 1888 abgrisse worde. Es syg denn drühundert järig gsi. Das stimmt zwar gar nid zäme mit däm, wo der Gotthälf erzellt: Är seit ja, es syg zu syr Zyt nigelnagelnöi gsi, nume dä Byschtal-Balke nid. D Toufigsellschaft nimmt's ja grad juscht wunder, wiso dä alt schwarz Balke zwüsche de nöie Fänschterrähme steit!

Item, syg's, wi's well. Im Jahr 1916 heig der Vatter vo üsem Briefschryber dä Hof gchouft und du emel einisch e tiefe Grabe näb em Huus usghobe und uf ds Mal, anderthalb Meter tief im Bode, e verruessete alte Balke gfunde, öppen e Meter zwänzg läng und mit emne dicke Zapfe drinn. Ohni o numen öpperem öppis z säge, heig är dä Bitz Holz samt em Zapfe versaget und Brönnholz druus gmacht. Und ersch vil speter, won er einisch sy Büebel heig gseh di «Schwarzi Spinne» läse, heig er ihm du di ganzi Gschicht erzellt. Beidi hei ddänkt, d Lüt heige anno achtenachzg vor luter Reschpäkt dä Byschtal vergrabe, statt ne z verbrönne. Drum heig me ne o nid gfunde, wo 1914 ds Museum dernaa gforschet heig, und der Hornbech-Zimmermaa, wo ne Fatzikus syg gsi vo dert nache, heig du süsch en alte Bitz Holz präpariert und uf Bärn gschickt... Speter, schrybt dä «Stübli»-Fründ, heig du är der Hof vom Vatter überno und druffe bburet, bis ihm d Frou gstorbe syg. Jitz heig er ne verchouft und nume es Eggeli Land bhalte für ds Stöckli, won er jitz dinn läbi.

Henu – dermit chönne mer jitz emel rueig schlafe, alti Byschtel hin oder här. U we's einisch znacht gramslet uf üsem Bett, so isch's sicher nume ganz es härzigs chlys Spinneli, won is d Mugge vertrybt...

Isch bschysse schlimm?

Gägewärtig grüblet alls i Chriegserinnerige. Also o ig hütt! Aber heit ke Angscht: Es geit zwar o um Gäld, aber ganz harmlos. 1943/44 han i fasch es Jahr im Tessin gläbt, für mys Italiänisch à jour z bringe. Unvergässlech isch mer, wi im Juli 43 der Seminardiräkter Calgari z Locarno i Feriekurs isch cho ynezstürme mit em Ruef: «Uno se n'è andato!» (eine isch fang ggange!), wo der Mussolini zerschtmal het müesse ga. Zwe Monet han i am Gymer z Lugano «dörfe» der Dütschlehrer verträtte, wil's e Mobilmachig im Tessin het ggä, und nachär han i es halbs Jahr im «Vocabolario dei dialetti ticinesi» Wörterzedle gordnet (hütt isch das schöne Dialäktwörterbuech fang bir Publikation vom Wort Casa aacho – i wirde ds Ändi nie erläbe...).

A de Wuchenändi bin i albe ga wandere, mit Fründe oder aleini. Einisch bin i mueterseelenaleini uf Bosco Gurin gfahre und vo dert südwärts uf nes Pässli a der Gränze gstige, für de via Val di Campo wider füre i ds Maggiatal z cho. Uf em Pass obe (öppe 2100 m höch) bin i plötzlech nümm aleini gsi. Da hei grad es paar Dütschschwyzer Gränzsoldate es Tschuppeli italiänischi Schmuggler us em Antigoriotal verwütscht, hei ne di schwäre Rys-Seck abgno gha und mit ne talwärts gäge Maggia zue welle. Nume: D Soldate hei nid Italiänisch chönne und d Schmuggler nid Dütsch: So bin i grad gäbig cho, für z übersetze. I bi also mit der ganze Gruppe südwärts nidsi gloffe und ha probiert, i Kontakt z cho mit beidne Syte. D Soldate sy sehr gattlig gsi. Si hei ds Schmuggelguet scho uf Muultier verpackt gha – 50 Kilo pro Maa – und hei d Schmuggler ganz fridlech zwüsche sech yne gno.

I ha de Schmuggler gseit, wi gärn i chly vo däm Rys hätt! Mir hei sit Jahre kes meh uf de Rationierigscharte gha! Und es tüej mer leid, dass si jitz i d Chefi müessi. Du isch ganz e glungeni Antwort cho: Ine syg das eigetlech glych, we me se verwütscht heig, si rächni sogar dermit, so ungfähr jedes zwöite Mal! Si machi nämlech alli Monet so nes «viaggio» i ds Tessin (e herti Bärgwanderig, füf Stund obsi und drei Stund nidsi). Der Verdienscht pro «Reis», we me se nid verwütschi und si ds Rys chönni verchoufe, gäb irne Familie daheim zwe Monet z läbe. Also tüej's niemerem weh, we me se jedes zwöite Mal verwütschi. Im Gägeteil: Z Locarno i der Chischte heige si z ässe und es Bett u syge der Frou daheime ab der Choscht. Das syg wi Ferie, und ds nächschtmal bringi si ja de wider Gäld hei.

Du bin i d Soldate ga frage, was si mit där Ladig Rys machi. Es wärd uf d Spitäler im ganze Land verteilt, hei si gseit, und für Magechranki und Schwangeri uf d Charte ta. Und si, d Dütschschwyzer, müessi äbe a de Tessiner Gränze d Wach übernä, wil für d Tessiner d Versuechig vil z gross wär, de Schmuggler z hälfe und ds Rys grad z bhalte. Nachär han i d Schmuggler wider gfragt, öb si de nid Hemmige heigi, ires Land eso z bschysse? Si hei mi ganz erstuunt aaglucgt: Was, bschysse? «Nessuno inganna nessuno!» D Bure i der Po-Äbeni syge froh, we si rächt zalt wärdi für iri Arbeit, si i de Bärge heige Verdienscht nötig, und d Schwyz syg froh für jedes Rys-Chörndli, de syg doch mit irne «Reise» allne ddienet! – Jä, für was tuet de d

Schwyz Soldate da ufe? – He, die müesse schliesslech o gläbt ha, «vogliono vivere anche loro», hei si mer gantwortet. Da han i wider einisch erläbt, wie verschide vo Land zu Land o i üsem chlyne Europa ds Verständnis für Rächt und Unrächt isch.

Und jitz der Gump i ds «Stübli» vo hütt – und zum Wort *bschysse.* Nid nume d Uffassig vom Bschysse isch verschide, o d Wörter sy's vo Sprach zu Sprach. Ds italiänische *ingannare* hanget zäme mit em änglische game (beidi sy germanisch, und bschysse isch es Spil, e Sport derby)! Ds dütsche *betrügen* umgchehrt stammet vo mene indogermanische Wort *dreugh* ab, wo «Gspänscht», öppis nid fassbars Uheimeligs bedütet het. Und üses schwyzerdütsche *bschysse* – o je – isch, gradanig und ohni jedi etymologischi Poesie, e diräkte Abkömmling vo *schysse.* Sit em Spätmittelalter isch das Wort im dütsche Sprachbereich aktiv: Zersch bedütet's «öpper oder öppis mit em eigete Dräck verdräcke», später ganz allgemein «dräckig mache», so dass me de bis i üses Jahrhundert yne vo «bschissener Wösch» het chönne rede (zum Byschpil der Dokter Bäri alias Wilhelm König i syne Jugeterinnerige), ohni öppis Wüeschts z meine. Dernäbe aber git's sit em 15. Jahrhundert d Bedütig «betrügen, öpperen ynelege». Und die het sech bis hütt chönne düresetze, so dass ds Wort bschysse als offiziells Dialäktwort ohni üble Ton gilt und ds dütsche betrügen bi üüs nie het chönne Fuess fasse.

Wi chunt's zu där merkwürdige Bedütigsänderig vo «verdräcke» zu «ynelege?» Vilecht hilft grad ds Wort ynelege zu nere Erklärig. Ds «Schwyzerdütsche Wörterbuech» bringt nämlech anderthalb Spalte bi *bschysse* für d Bedütig «e Frou sexuell verdräcke und de im Dräck la hocke» – sit em 16. Jahrhundert! Bis hütt isch das es Froueschicksal, di Bschissene z sy. Es git aber o nen anderi Müglechkeit bi däm Bedütigswandel. Me cha ne us der Etymologie vo *betrügen* usegspüre: Dert bschysst nid ei Mönsch der ander, sondern me cha o vo mene unerklärleche Schicksal bschisse wärde! «Es geht mir beschissen», cha me uf hochdütsch säge, und: «I bi geng der Bschissnig gsi», het der Markus Traber i eim vo syne Liedli gsunge.

Aber halt: Isch d Bedütig vo bschysse hütt nid doch weniger schlimm als die vom hochdütsche betrügen? Isch nid e Betrug öppis grichtlech Ychlagbars, wäret e Bschis liechter alei z verchraften isch? Es Byschpil gfällig? Üses Zwöiteltischte, ds Stüdeli, isch no nid i d Schuel. Einisch amene Rägenamittag het's ds Fang-den-Hut-Spil füregno und ganz vergnüegt ufgstellt. «Söll i der cho hälfe spile?» han i gfragt (o je, i ha so vil anders z tüe gha), und äs het ganz zfride gantwortet: «Chasch, we d wosch, aber weisch, i spile am liebschte mit mir aleini, da cha me so schön bschysse.»

E wäutsgueti Büez

Voletscht bin i ab em Wort büeze ebstoche (me chönnt's o püeze schrybe). Bis jitz han i geng gmeint, das Wort sygi nume züridütsch. Du ghören ig e «gueti» Spiezere säge: «Teil Lüt bi üüs säge büeze für mit der Nadle öppis flicke.» U du isch mer z Sinn cho, dass i bi üüs ume o scho ha ghört säge, es sygi öppis zämebbüezt, won i ender gseit hätti: zämebbagglet. Z Bärn seit me süsch em wüeschte flüchtige Nääje schnurpfe oder i teil Gägete soupere oder sulpere oder sülpere oder surple. Allerdings chan i di Wörtli geographisch schlächt heitue. Wär weiss git es einisch e Sprachcharte drüber im «Schwyzerdütsche Sprachatlas» – aber niemer weis, wenn! Der Friedli zum Byschpil zitiert d Wörtli sülpere und surple z Lützelflüe, aber bim Gfeller finden i se nid. Hälfe mer ächt d «Stübli»-Läser einisch zumene geographische Chärtli, wo me gnau gseht, wo im Bärnbiet me weles Wörtli bruucht?

Aber chöme mer wider zum büeze. Das isch gnau ds glyche Wort, vom Wortstamm här, wi büesse. Wi bi Biss/Bitz, Schuss/Schutz, Spisse/Spiez isch us em -ss es -tz worde. Büesse heisst, öppis, wo me glätzget het, ume guet mache, und so isch büeze zu syr Bedütig vo flicke cho. O im Hochdütsch gchennt me schliesslech der «Lückenbüsser». Löcher flicke tüe aber nid nume d Husfroue und d Nääjere, nei, o alli mügleche Handwärcher, d Schuemacher, d Chachelihefter und d Chesselflicker. Und däne allne het me Büezer gseit, früecher.

Ds Wort büeze isch nämlech über di ganzi Schwyz verbreitet. Der 4. Band vom «Schwyzerdütsche Wörterbuech», wo im Jahr 1901 erschinen isch, zitiert's für ds Bärnbiet im Oberaargou, z Bälp, im Oberland, bsunders z Habchere und im Simmetal, und sogar – mit em Vermerk «selten» – im Ämmital. Und der Dr. W. Marti i sym interessante Buech «Wäärche – schaffe. Ein Wortfeldkomplex in der Sprache des bernischen Seelandes» (Haupt 1968) het's vo alte Lüt z Sigriswil und z Schwarzeburg ghört.

Das Wort het sech aber sider i syr Bedütig wyteretwicklet. Isch es, wil ds Flicke geng meh us der Mode chunt? Büeze isch sozsäge sozial ufgstige. Me het's o für ds bessere Nääje vo nöie Sache aafa bruuche, allerdings nume i der öschtleche Hälfti vo der Schwyz. My Schwigermueter, en Aarouere, erzellt mer, iri Mueter, wo vo Gräniche, das heisst es par Kilometer öschtlech vo Aarou härcho isch, heig büeze für nääje gseit, und das sygi z Aarou ufgfalle, wil dert büeze äbe schnurpfe und flicke bedütet heig. Dämnaa gieng d Gränze zwüsche de beide Bedütige öschtlech vo Aarou düre.

Was sicher isch: Büeze isch es alts Wort, wo am Verschwinden isch. Myni Schüelere im Arbeitslehrerinneseminar, luter Meitschi zwüsche sibezäni und zwänzgi, bruuche's nümme. Was si hingäge no gchenne, und bruuche, sy d Houptwörter Büez und Büezer. Nume bedüte die äbe hüttztags öppis ganz anders! Hütt, das heisst allwäg sit de zwänzger Jahr vo üsem Jahrhundert. Mit Buess het Büez gar nüt meh z tüe. Vom müesame Flicke und Häbchläb-Usbessere het es nume der Chuscht vo der herte, suure Arbeit bhalte. I der Schuel seit me sit Jahrzähnte Büez für Prob (Chübu isch aber modärner!). Für mi het Büez geng der Sinn vo nere müesame, ungfröite Arbeit. Aber won i myni Schüelere gfragt ha, wi si nere schwäre, müesame Arbeit säge, han i (bi 37 Antworte) nume sibemal d Antwort Büez übercho, und de no ersch mit emne Versterchigswort: e strängi, e Mords-Büez. Derfür isch 24mal ds Wort Chrampf derhär cho! Der Dr. Marti schrybt vo de Bieler: «Mi seit, es stinkt mer, di Büez, aber o, es gfaut mer, di Büez. Das isch wider einisch e Büez gsi, wo sech cha lo gseh.» Und: «We me nen Arbeit wott vernüütige, seit me, daisch doch ke Büez!» Dihr gseht, hie wird Büez es ganz es neutrals Ersatzwort für Arbeit überhoupt, es überchunt sogar es fründlechs Gschmäckli, und so isch es o bi myne Meitschi ggange. I ha se nämlech o gfragt, wi si nere schöne Arbeit siege, und füfi, aber füf anderi, hei gantwortet: e böimigi, e zfrideni, e suberi, e irrsinnigi, e wäutsgueti Büez.

Di strubi Arbeit het äben underdesse nöiji Näme übercho, vom Chrampf über e Stress und Chnorz bis zum Steiss und zum Schynagel.

Und jitz no der Büezer: Im «Schwyzerdütsche Wörterbuech» isch es no der Hoseblätzer, der Chessel-, Chorb- und Hafeflicker. Als Induschtriearbeiter chunt er dert (1901!) überhoupt no nid vor. Hütt bedütet's nüüt anders meh. Emne sälbständige Handwärcher wurd me nie Büezer säge, nume em aagstellte Arbeiter imene chlyne oder grosse Betrib. Der Dr. Marti haltet no di negativi Bedütigsnuance fescht, we im Seeland e Buremaa seit: «Dä, wo Intrâssi het, da sägen i Arbeiter; wo nid nume dänkt: i wärche ume Lohn. U der anger, wo gäng ume wüescht duet u gäng ume Lohn brüelet, däm sägen i de scho e Büezer.» I de Stedt aber het das Wort i de letschte Jahre e ganz e nöie Wärt übercho. We en Arbeiter vo sich seit: I bi halt numen e Büezer, so seit er das mit emne ächte Proletarierstolz. U wen e Lehrer, wo gärn Grossrat wurd, i nere Parteiversammlig vo «mir Büezer» redt, so gwinnt er garantiert ekei einzigi Stimm, im Gägeteil, d Lüt ergere sech über ne, grad wi bi däm bessere Her und Grossratskandidat us em Oberland, wo «mir Bärgbure» gseit het, wil er hie und da bim Höie usghulfe het! Büezer isch zu mene Ehrewort worde, wo ne Bruefsstand nume für sich sälber darf bruuche.

Vom büesse zum Büezer – e wyte Wäg für ne Wortfamilie. Di ganzi soziali Etwicklig vo der Schwyz spieglet sech drinn, und es cha eim wunder nä, wie's wyter geit!

Bi so glücklech tralalalalaa, wenn i es Chacheli Gaffee ha

Sit füfedryssg Jahr wohnen ig im Land vom Chacheligschir. Es het allerdings z Heimbärg und z Stäffisburg nume no ganz weni Töpfergwärb. D Heimbärger Röschtiplatte sy hütt o gar nümme billig, vo de Gaffeetassli us «Thuner Majolika» mit em persische Chatzemuschter druffe gar nid z rede! Kes Wunder, we me dänkt, was für ne Chunscht ds Male mit em Hörnli bedutet. Vilecht het ds einte oder andere vo öich letschts Jahr d Gschir-Usstellig im Schloss Thun gseh oder gchennt ds prächtige Buech «Vom Heimberger Geschirr zur Thuner Majolika» vom Hermann Buchs.

Ds Wort Chacheli het bi üüs bis hütt es gmüetlechs, aber o nes liecht abwärtigs Chüschtli. Niemer tät i mene Tea-Room es Chacheli Gaffee bstelle, de scho ender e «Schale»! Und doch isch das Wort der Inbegriff vo heimeligem Bärndütsch. Es isch bi üüs nie eso abgwärtet worde wi z Dütschland, wo Kachel wytume nume no für e Nachthafe und als Schimpfwort für ne Frou bbruucht wird. Im Gägeteil: Dank üser Liebi zum Fondue isch üüs das Wort o i syr wältsche Form wärt worde, le caquelon. Das Wort het en uralti Gschicht. Es geit zrügg über ds Latinische und ds Griechische, wo kakalos es Gschir zum öppis drinn brösele bedütet het (also en Art «Römertopf»), und wyter zrügg bis zu den Assyrer. O ds Wort Tassli chunt ja us em Semitische und vo dert via Araber und Spanier zu üüs. Ds Wort Bächer stammet ursprünglech sogar vo den alte Ägypter. Dert sy äbe di Gschir alli scho bbruucht worde, wo me bi üüs no het Wurzle gchöuet und Wasser diräkt us em Bechli glappet.

Wo mir vor paarne Jahr ds Nöie Teschtamänt hei i ds Bärndütsche übersetzt, hätt i gärn i der Offebarig 15 di «sieben Schalen des Zorns» mit Chachle übersetzt: «Da het eis vo de vier Wäse de siben Ängle sibe guldigi Chachle ggä, die sy bis oben uus voll gsi mit der heilige Töubi vo däm Gott, wo läbt bis i d Ewigkeit.» D Ängel müesse de di sibe «Chachle» uf der Ärde ga usläära, und das git di ändzytleche Katastrophe. Es het mi denn ddunkt, ds Wort Chachle für ds Gottesgricht über alls, wo d Mönsche *verchachlet* hei, passi eigetlech rächt guet. Aber mir hei trotzdäm druuf verzichtet. Es het doch zweni fyrlech tönt, und derzue sy Chachle bi üüs geng gschirig, nie guldig. Mir hei du ds Wort Schüssle gno, aber o das tönt weniger fyrlech als ds griechische Phiale.

Uf dütsch isch ds Wort Kachel hütt no en objektive Begriff für d Ofechachle. Wi chunt's derzue, dass öppis so runds wi nes Chochgschir oder e Schüssle der glych Name het wi öppis so viereggigs und flachs wi nen Ofechachle? I der Renaissance het men aafa Öfe mit Chachle boue und het gly entdeckt, dass en Ofe descht meh Wermi abgit, je meh Oberflächi er het. Drum het me d Majolikaplättli a den Öfe usbbuchtet und rund gmacht wi umdrääiti Schüsseli. Speter het me du ds Umgchehrte gmerkt: Je gletter e Chachlen isch, descht heisser wird si. Das alls het müessen usprobiert wärde. Aber der Name vom Renaissance-Experimänt isch bblibe.

Won ig als sibejärig einisch bi myr Tante z Heimbärg i d Ferie ha dörfe, het's dert no vil Töpfereie ggä. Allerdings hei scho denn nümme d Chacheltreger uf irne Räf ds Gschir nach Bärn uf e Chachelimärit treit. Me het's im Chrüüschwägeli uf Thun bbracht, für's im Zug z verlade. Es Auto het denn ke Töpfer vermöge – und uf der Naturstrass Bärn–Thun (zum Teil bis nam zwöite Wältchrieg!) wär das o nen unsicheri Sach gsi. Aber a Chachelimärit z Bärn bsinne mi no, und o, wi mer öppe vo der Schuel am Waisehuusplatz i der Pouse sy emne Chachelihefter ga zueluege (der billig Jakob het is zwar meh interessiert): Mit emne Borer het dä Hefter Löcher i ds Gschir bboret und's de mit Metall-Chlammere zämegheftet. My Mueter het no öppe mit emne Süüfzger gseit, gheftets Gschir heig's geng lenger als nöis.

Chlyner und fyner als d Chacheli sy d Chächeli gsi. Üsi ganzi Familie het i de Ferie mit Lydeschaft gmalet. D Farbe hei mer albe us em Tübli i wyssi Porzellanchächeli ddrückt. Früecher het men öppe emne übersüünige Chind, wo nid het gwüsst, wi chrutig es sech wott uffüere, gseit: Pass uuf, ds Lächeli und ds Bächeli (d Träne) sy i eim Chächeli!

I ha vor füfzg Jahr my Dissertation über lutmalerischi Elemänt i de Wörter gschribe. Sit em Ferdinand de Saussure isch es zwar es sprachwüsseschaftlechs Dogma, dass d Sprachzeiche, also o d Wörter, öppis Willkürlechs sy, wo me nid cha mit der Würklechkeit zämehänke. I ha aber nie so radikal chönne e Strich zie zwüsch em Ton vo de Wörter und irer Zeichehaftigkeit. Bim Chacheli het sicher d «Musig» vom Wort mitghulfe, 's am Läbe z bhalte.

«I säge Chemp u gspüre der Härd under de Füess»

Wen öpper für ne Stei ds Wort *Chemp* bruucht, isch er e Bärner. I blybe da ganz bewusst bi der männleche Form, wil no i myr Chinderzyt das Wort bsunders i der Stadt als «wüescht» ggulte het und emel mir Meitschi 's nie hätte dörfe i ds Muul nä. Es syg mattenänglisch, het's albe gheisse. Der Otto vo Greyerz bringt zwar i sym Mattenänglisch-Büechli 1926 nume chempele «mit Steinen werfen» (mit Chemp i Chlammere derhinder). Im «Schwyzerdütsche Wörterbuech» findet me das Wort nid, so weni wi i de chlynere bärndütsche Wörtersammlige. Und o d Rotwälsch-Büecher hälfen is nid wyter. Nume der dick alt Grimm bringt under de Stichwörter Kamp und Kempe e Zylete Houptwörter, wo es Fäld mit ere Steimuur drum ume bedüte – allerdings strikt nume im norddütsche Sprachruum – ussert emne Beleg vo Strassburg vo 1518. Im Norde het's ke

Lutverschiebig p→pf ggä, drum ghöre si allwä zu däm nordgermanische Wortstamm *kamp, kemp, kump,* wo o der Pokorny i sym indogermanische etymologische Wörterbuech bringt – aber ohni ds bärndütsche Chemp.

Das isch also müglech: dass es vil bbruuchts, guet bekannts, bärndütsches Wort total im lääre Ruum steit! Eifach mit em Argumänt, es syg «wüescht»! Vor paarne Jahr het mer e (erwachseni) Schüelere us nere Bruefs-Klass erzellt, ire Grosvatter, e Buur z Röthebach mit em Geburtsjahrgang 1875, heig albe im Früelig am Morge der Steichratte gno und mit emne tiefe Süüfzger gseit, öpper mües dänk no ga chempene, süsch errünn nüüt uf däm stotzige Acher. Sicher het dä Grosvatter ke Ahnig gha vom Mattenänglisch. Röthebach ligt o nid a ren Überlandstrass. Chemp mues also doch es ächts landbärnisches Wort sy! Nid für nüüt het der Tavel im «Götti und Gotteli» (1906) em lächerleche «plebeiische» Major der Name Chempeler ggä – ds einzige Mal, wo öppis vom Wort Chemp i der gsamte bärnische Literatur vo der erschte Jahrhunderthälfti vorchunt.

Gottlob git's sit 1987 e zwöite Band vom bärnische Ortsnamebuech (Francke-Verlag) mit de Näme vo G–K (Ch). Dert het's jitz e ganzi Zylete Flurnäme, wo chonnte aadüte, dass ds Wort Chemp bi üüs vil elter isch, als me meint. Im 15. Jahrhundert sy z Vechige und z Ringoldswil ob Oberhofe d Flurnäme *Kem* beleit. Bi Signau chunt denn der Name *Kembsacher* und z Koppige ds Wäldli *Kempflislo* vor. Im Ämmetal und im Simmetal git's der Flurname *Champf* oder *Chempf.*

Allerdings: D Nameforscher im Ortsnamebuech dänke nid a ne Verwandtschaft mit em Wort Chemp. Bi Chempf und Champf schrybe si, vilecht heig's dert einisch e Zweikampf ggä – i cha mer das nid rächt vorstelle bi üsne stotzige Acherli und abheltige Pörter…

Ds dütsche Wort *Kampf* stammet i grader Linie vom latinische Wort *campus* ab mit der dütsche Lutverschiebig p→pf im früeche Mittelalter. D Bedütig isch vo «Fäld» zu «Militärlager uf emne Fäld» (französisch *le camp*) und vo dert zu «Kampf (uf emne Fäld)» und de allgemein zu «Kampf» gwanderet. Warum nid o ds Wort Chemp vo campus ableite? Derby gieng dismal d Wanderig über ds Verb. *Campus* «Feld» → *chempene* «ds Fäld suber mache vo de Steine» → *Chemp* «der grob Stei uf em Fäld». Der Lutwandel vo a zu e finde mer o bi griech. káminos → Chemi. Natürlech hätt o ds Steimüürli rund um ds Fäld chönne mithälfe bim Bedütigswandel. Dass es nid zum normale Lutwandel p→pf cho isch, liess sech erkläre dermit, dass e -p im Ton vil besser zu mene grobe Stei passt als e -pf.

Glunge bi allem däm isch aber bis hütt, dass ds Wort Chemp geng no als grobs, unschöns Wort gilt. Cha me das dadruus erkläre, dass es äbe us der herte Buren-Arbeit chunt und dass me's o geng wider i Gägesatz zum Stei setzt: der Stei syg öppis Schöns, Glatts, o sogar guet gäge Chrankheite und Bräschte, und der Chemp syg ruuch und grob und schwär? Der Schyfahrer schimpft bis hütt über di cheibe Chempe uf der Frügligspiste, won ihm d Schy verchraaue, und der Buur über die, won ihm ds Acherfahre verleide. Sit paarne Jahr git's aber o nes wunderschöns Gedicht über e

Chemp und sy Name. Ddichtet het's der Ernst Eggimann, und publiziert isch es im Bändli: «E satz zmitts i d wäut» (Arche Verlag 1981):

Wider i d wäut ynecho
d ding heisse
sech ufztue
so wi si äbe heisse
das wort brümele
i der muetersprach
irget es wort
cha ds zouberwort sy
chemp
rundgwäsche u grau
us der naguflue gheit
uf my wäg
i säge chemp u
gspüre der härd under de füess.

Der Coucousin und der Unggunggle

Mir hei daheim e wyte Kreis vo beidsytige Verwandte gha, wo me a alljährleche Familiefescht ehrfürchtig pflegt het. Mir Chinder hei derby gleitig glehrt, mit wäm me bsunders höflech het müesse umga und wele Unggle eim grad umärfelet und am Schluss mit emne Zwänzgi beglückt het. Bi Fründinne und Bekannte vorab uf em Land han i aber o ds Umgchehrten erläbt: Ds Wort *verwandt* het nume für d Gschwüschterti ggulte, die andere «bchennen i nüüt». «Gschwüschterching» oder «die z angere Chinge» oder o «ds angere

Ching» (des andern Kind) het me scho nümm rächt welle gchenne. Sy da alti Erbschaftsstryte derhinder gsteckt oder d Angscht, me mües plötzlech für so öpper sorge? Uf all Fäll isch es kes Wunder, dass men i de Stedt nid öppe di dütsche Näme für di Verwandte bbruucht het, sondern di wältsche. Das macht sech besser und git grad di nötigi Dischtanz!

Ds Glungene isch ja o, dass alli naache Verwandtschaftsnäme vo eir Generation zur andere uf sogenannti chindlechi Lallwörter zrügg gange, vo Papa, aber o Vatter, über Mama und Mueter zu Unggle und Tante und Base. Schwöschter und Brueder hingäge hei e sprachlech «normale» Ursprung. Und o Neveu und Cousin passe nid i ds Lallwörterschema. Es het en indogermanische Wortstamm ggä *Po, Pos,* wo «Herr» bedütet het. Im Griechische het's druus der Despotes ggä und im Latinische ds Wort für Macht: Potestas. Ds *Ne-* vor *-pos* isch e Negation. Der Nepos het no ke Macht gha, o nid we ne sy Unggle, der Papscht, scho i de Windle zum Kardinal ernennt het! Und e Nepos, e Neveu, bruuchen i bim Erbe nid z schüüche, we's um ds Vermöge vo mym Vatter geit. Nume bim Nepotismus, bärndütsch: Vetterliwirtschaft, chunt de der Macht-Faktor i ds Spil! Nid vergäbe heisst i der Mafia der Boss *padrino,* «Götti» (und das isch meischtens o der Unggle). Us em *Nepos* isch der *Neveu* (Nöwöö) worde, aber o ds Wort *Nichte,* früecher *Nifte.* Ds -f- vor -t- isch zu mene -ch- worde wi bim Wort Gerücht, wo vom Verb rufen abgleitet isch.

Bim Cousin und der Cousine steit o ds Latinische am Aafang: *consororinus* het der «Schwöschtersuhn» gheisse, wo beliebter isch gsi als der «Bruedersuhn», wil d Froue im Erbrächt nach de Manne cho sy. Drus het's *consobrinus* ggä, und das het sech scho vor em 12. Jahrhundert abgschliffe gha i französisch *cousin*. Ds Bruederchind het *patruus* oder *patrinus* gheisse, und das het zum dütsche Wort *Vetter* gfüert.

Und jitz het me usgrächnet i üser Jahrhunderthälfti ändlech o em Vetter im zwöite Grad, also em Chind vo mene Cousin oder nere Cousine, e klare Name erfunde: der Coucousin und d Coucousine! I ha bi de «Stübli»-Läsere (d Froue sy da wichtiger, kompetänter und o gsprächsbereiter als d Mannewält) umegfragt, öb si di Wörter gchenne und bruuche und wo und sit wenn. Zwölf schriftlechi Antworte und ungfähr zwänzg Telefon han i übercho. Di interessantischte presentieren i nech hie. I sälber bi em Wort Coucousine vor öppe zwänzg Jahr zerschtmal begägnet, wo d Schriftstellerin Susy Langhans und i entdeckt hei, dass üsi Urugrosmüetere zäme sy befründet gsi, zäme Schärischnitte gmacht hei und vilecht sogar dür iri Manne zäme verwandt sy gsi. I ghöre d Susy no, wi si mer am Aabe bim Abschied «Adieu Coucousine!» gseit het – es tuet mer no hütt wohl.

Henu, d Frou I. S. telefoniert mer, si heig scho im Gymer irem Vetter zwöiten Grades, wo ir glyche Klass syg gsi, Coucousin gseit (Matur 1945). Also isch ds Wort elter, als i gmeint ha. Im «Schwyzerdütsche Sprachatlas», wo denn syni Ufnahme gmacht het, chunt's aber niene vor, nume d Mehrzahl «myni chlyne Cousin» z Ligerz (Charte IV, 147).

Der Herr B. brichtet mer, e heig e wildfrömdi Frou z Lausanne, wo der glych Gschlächtsname wi sy Grosmueter als ledig heig gha, gfragt: «Êtes-vous par hasard ma coucousine?» und nere e Stammboum zeichnet. Und si isch's nid nume gsi, si het o ds Wort verstande – uf wältsch – was mer o d Frou S. vo Fryburg bestätiget. I sälber ha bi Franzose nie dernaa gwagt z frage, wil ja der Coucou, emel in Frankrych, echly ne schiefe familiäre Symbolwärt het. Er isch nid nume der willkomme Früeligsvogel, er isch vor allem dä, wo syni Eier i frömdi Näschter leit und dermit alli Verwandschaftsgrade zunderobsi chehrt…

My solidischti Gwährsfrou z Langnou het amene Frouenamittag «im Grabe hinde» zmeischt jüngeri Froue gfragt, wie si em Cousin zwöiten Grades säge. Di meischte heige mit Coucousin gantwortet, hingäge heig niemer meh «z angere Chinge» o nume no gchennt, gschwyge de sälber no bbruucht.

Und zum Schluss no e luschtige Gschicht. O fyrlech isch si, denn es geit um e berüemt Bundesrat Traugott Wahlen (1899 bis 1985), Bundesrat vo 1959 bis 1965. Erzellt het mer se d Frou S. vo Thun. Einisch, amene grosse Familiefescht – si isch no nes chlys Meiteli gsi – het's bim Dessär e prächtigi Turte ggä mit emne rote kandierte Chirsi obedruff. Ds Meiteli, zunderscht am Tisch, het mit gstilete Ouge das Chirsi aagluegt und abzellt, öb das ächt bis zu ihm abe chöm, aber d Hoffnig gleitig ufggä. Wo d Turte zoberscht bim Herr Wahlen als drittem isch aacho, lat är nämlech das Chirsi uf sys Täller röllele. Aber nachär steit er uuf, bringt ds Täller em Meiteli unden am Tisch und seit: «Lue, das isch jitz vom Unggunggle!», und äs het ganz aleini und «à la vue de toute la société» das

Chirsi dörfen ässe! Vo denn aa syg das Wort Ungg-unggle (är isch der Cousin vo irer Mueter gsi) etabliert gsi i der ganze Familie.

I nere andere Familie het men e Gogotte gha, und schliesslech hei ja o myni Neveu und Nichte irem Meiringer Grosvatter Ädätt gseit, grad wi üses Groschind z Grindelwald en ÄttiÄtti und e VatiVati het…

Schlafe wi ne Dili

Der Ruedeli het mit de nöie Farbstifte es Bild zeichnet: Unde het's zwee Manne gha, wo Arme und Bei i d Luft gschlängget hei. D Mitti vom Bild isch ganz läär gsi, und am oberschte Rand isch e Chueschwanz schreg abeplampet. Är zeichni das Liedli, wo der Vatti albe singi, het er em Mueti erklärt, das vom Tüüfel, wo dür d Dili düreschwanzet. Und wo der Vatti heicho isch, het er's grad aafa singe: «Zogen am Bode, der Landamme tanzet, wie der Tüüfel dür d Dili düreschwanzet…» Vor paarne Wuche, wo z Usserrhode zerschtmal zwo Froue i d Regierig sy gwählt worde, het me das Liedli o am Fernseh chönne ghore, emel di erschti Strophe. Di wytere sy wohlweislech verschwige worde, schliesslech isch ds Ganze ja ke Nationalhymne, sondern es Lumpeliedli.

Nei, i füere nech di Strophe jitz nid vor. I wott o nid vom Tüüfel rede hütt. Gnau glost schwanzet ja nid der Tüüfel vo der *Dili* obenabe, sondern der Landamme dür d Dili düre, und das heisst ganz klar, dass mit em Wort Dili äbe nid üsi Dili, nei, der Stubebode gmeint isch. Aafangs vo däm Jahr (1994) isch der sibet und zwöitletscht Band vom «Schwyzerdütsche Sprachatlas» usecho (Francke-Verlag, Basel). I ha mi grad a de hindere Charte feschtgsoge, wo d Wörter zum Huus-Bou, vorab bi de Burehüser, mit vilne Zeichnige uf de Charte feschtghalte wärde. I bi bi de Charte 164 (Zimmerboden) und 165 (Zimmerdecke) gläntet. Und ha als erschts uf dene Charte feschtgstellt, dass me i beidne Appezäll em Stubebode Bode, nid Dili seit, und der «Stubendecke» im Usserrhode Dili und im Innerrhode Oberdili. Het ächt der Albert Jütz, wo ds Liedli vom Landamme ddichtet het, eifach Urnerdütsch gredt? Oder stimmt ds Grücht, dass är das Lied für d Glarner ddichtet het? Vom Urner- bis i ds Bündnerland heisst nämlech der Stubebode würklech Dili, und üsi Dili d Oberdili, und im Rhytal heisst ds undere Bode und ds obere Deggi.

E, wi wär's doch eifach – aber o schrecklech längwylig, we überall ds glyche Wort für di glychi Sach tät gälte! Wie isch es eigetlech bi üüs im Bärnbiet mit däm Wort Dili? Zwar mache mir alli mängisch «es Chrüz a d Dili», we mer öppis ganz Bsunderbars erläbe. Me cha o vor Erger fasch «a d Dili ufega», und vo Choleriker seit men öppe, me müess se «a der Dili ga abchratze», wil si geng grad i d Luft gange. Aber wiso redt der Simon Gfeller mängisch vo der «obere Dili», wen er ganz eifach d Dili meint? Und seit me nid scho zäh Kilometer südlech vo Thun und uf der Südsyte vom See statt Dili d *Welbi,* und das bis uf Saane, Gsteig und Adelbode yne, wäret uf der Beatebärg-Syte bis uf Meiringe und Grindelwald ds Wort *Soller* oder *Solder* oder

Obersoller statt Dili gilt? Lueget im «Simmetaler Wörterbuech» oder im «Bödellitüütsch»-Buech nache, de gseht der's. Ds Wort *Dili* isch also nume im Bärner Underland etabliert, derfür vom Eriz bis uf Niderbipp ganz usnahmslos, und de, wi gseit, näb em Wort Dechi bis i ds Rhytal übere.

Ds Wort *Welbi* tönt wunderschön, und ds üsseren Oberland und ds ganze Dütschwallis samt de Pomatter hei Sorg derzue und sy stolz druuf, o we iri nidrige Holzwelbine ja würklech nid gwölbt sy (oder de vor Alter gägen abe). Ds Wort het sy alt Stammvokal -e- bhalte, wäret ds übrige Dütsch under em Yfluss vom w- das -e- het zu -ö- grundet. Gnauso isch o ds dütsche gewöhnen im Oberland *gwenne* bblibe. O a andernen Orte i der Schwyz het me früecher *welbe* gseit, das cha men a mene Zitat im «Schwyzerdütsche Wörterbuech» gseh: D Äbtissin MS Schmidlin heig 1663 «die Dillin oder Himel der Kirchen zu Tänikon, so ganz bauwfellig war, lassen hinwegthuen und dann den Tachstuehl und Tillin in gewelpter Form machen lassen» (XII, 1632). Derby gseht men o grad, dass dennzmal im Thurgou ds Wort Dili für «Decke» gang und gäb isch gsi, wäret's hütt lut Sprachatlas starch konkuränziert wird vo «Decki».

Und dermit chäm i jitz no uf d Gschicht vom Wort Dili. Es git, vor allem i den öschtleche Schwyzerdialäkte, ds Wort es oder e *Till,* wo nes feschts hebligs Brätt bedütet. Das ghört i nen indogermanischi Wortfamilie, wo o ds latinische *tellus,* «Ärde», derzue ghört. Vor allem bi solide Grüscht redt me vo Till als Querbrätter. D Dili isch en Ableitig dervo. Zersch isch sicher überall der Brätterbode so gnennt worde, und füraa sy Brätterböde statt Marmor oder Plättli i de Vorzimmer oder aber i den obere Stöck gleit worde. So chunt's zum Wort Diele für «Vorzimmer» im Hochdütsche und de äbe Dili für «Zimmerdecke» bi üüs.

Es sy jitz fasch dryssg Jahr här, da het üüs e junge Stäffisburger gseit, wen är müed syg, «schlaf är wi ne Dili, u we's am Strasseport wär». I ha dä Usdruck vorhär und sider nie meh ghört, aber scho hie und da: «schlafe wi nes Brätt». Uf all Fäll wär das e Bewys, dass ds Wort Till für «Brätt» früecher o bi üüs isch bbruucht worde.

dschuld – oder: E Lych i mym Chäller

Voletscht het mer e Fründin bbychtet, si heig irer verstorbene Gotte gägenüber e «läbeslängi Liebesschuld» – wil si sech vil zweni um die gchümmeret heig. I ha lang a däm Bekenntnis umegnüürgget, a der Sach, wil si o mi betrifft, so guet wi am sprachlechen Usdruck – wiso cha me das uf bärndütsch nid besser säge?

Bi jedem vo üüs touche sicher grad sofort ähnlechi «Liebesschulde» uuf im eigete Läbe. Und ds Schlimmschte derby isch, dass me nid weis, wie me se hätt chönne vermyde, gschwyge, öb me's hütt anders miech als dennzumal!

Weit dihr es Byschpil us myr Juget? I bi vierzäni und e stolzi Quartanere gsi – stolz, wil es denn für d

Meitschi no öppis Bsunders isch gsi, i Gymer z ga, und i o gwüsst ha, dass my Vatter bi vierne Chind fei es Opfer mues bringe, wen er mi lat la studiere.

Aber scho im erschte Jahr han i mi verliebt, i ne Klassekamerad. Und är i mi. I der Pouse sy mer zäme der Schütti naa bbümmelet und hein is vo der Syte aagluegt – aber ja nid aagrüert. Mir sy im Schuelhuus uf und ab bis zur Peschtalozzi-Statue im Ygang, wo je nach Luun vo der Oberprima es Nastuech oder e Zigarette i der usgstreckte Hand het gha. Ja – wen är hie sy Hand het beschäftiget gha und im übrige Schuelhuus usschliesslech der Chopf isch dra cho – wiso hei mir de nid o em Härz echly chönne z tüe gä?

I de Herbschtferie bin i mit myr glychaltrige Cousine i nere Pension ob Lausanne i de Ferie gsi, für üses Wältsch à jour z bringe, da isch my «Fründ» üüs mit emne andere Klassekamerad uf nere Velotour cho bsueche. Herrje, het das es Gheie ggä i däre Pension! D Madame het's sofort myne Eltere und der Gotte, wo alls finanziert het, gmäldet.

Niemer het mer e Vorwurf gmacht, aber i ha doch dörfe merke, wi weni begeischteret men isch gsi vo däm Bsuech. Bsunders, wo du di Buebe no gfragt hei, öb si i der Pension chönne übernachte. Uf der Veranda, wo am wytischte vo üsem Zimmer ewägg isch gsi, hei si schliesslech iri Schlafseck chönne uslege.

Item, na dene Herbschtferie isch es fridlech wyter ggange mit dere Fründschaft. Scho sy mer hie und da ufzoge worde vo de Kamerade. Aber gäge Wienacht isch du mit mir öppis Glunges passiert.

I bi i ne inneri Spannig ynecho und ha rundwäg beschlosse, di Liebi müess jitz es Änd ha. Warum, chönnt i no hütt nid säge. I ha eifach gmerkt, dass das Gfüel für mi geng wichtiger wird und für ihn o. Derby isch d Schuel, d Entdeckig vo allne geischtige Wärte, i Gfahr cho. Und die han i nid welle verlüüre.

Statt mit em Fründ z rede – i hätt ja nid gwüsst wie und was –, han i aafa derglyche tue, wi wenn är Luft wär für mi. Es het mi fasch verdrääit derby, ha ne ja so gärn aagluegt, er het so ne rassigi Nase gha und so schöni dunkli Ouge. Aber i ha systematisch e Wand ufbbout zwüschen üüs.

Är het mi gfragt, was i gäg ne heig. Er het mi truurig aagluegt – und i ha gseit: «nüüt, nüüt» und bi d Schütti ab heigrennt und ha uf em ganze Schuelwäg plääret vor Eländ.

Churz: Dä arm Bueb het sech i der Schuel du eifach total la gheie – i hätt ihm ja so guet chönne hälfe! –, und im Früelig isch er wäge ungnüegender Leischtig usegfloge.

I bi sage und schreibe plötzlech erliechteret gsi: Jitz mues i de nümm geng kämpfe mit mir u gränne, jitz isch er wäg, und i cha ne vergässe! Und derby han i ersch no myni zwöi nöientdeckte Gfüel, d Liebi und der Verzicht, chönne i my jungi Läbeserfahrig ybinde.

Ersch mängs Jahr speter, won i di erschte Liebine vo myne Chinder miterläbt ha, isch mer dä Fründ wider z Sinn cho, und i ha mer müesse säge, dass i sicher denn dschuld gsi bi a syr Schuel-Misere und dermit o a sym spetere komplizierte Bruefswäg – oder emel mitschuldig. Scho nes paar Jahr isch's jitz här, dass er gstorben isch. Uf all Fäll ha i nie guet gmacht, was i denn glätzget ha, i ha ja o nie erfahre, öb's für ihn würklech lätz isch gsi. Me darf sich sälber ja o nid z wichtig nä!

Wo mer speter dä Mönsch begägnet isch, wo my Maa isch worde, hei mer du – chriegs- und bruefsbedingt – acht Jahr Zyt gha, usezfinde, öb das jitz ds rächte gägesytige Lieb-Ha isch.

Und scho ghören i jitz d «Stübli»-Läser säge: Me seit doch nid *lieb-ha* uf bärndütsch, bi üüs git's nume *gärn-ha.* Isch es nid glunge, wi üses Bärndütsch – so wett i hie dene Kritiker antworte –, wo doch e sone gfüelsfröidigi Sprach söll sy, bi der Liebi a Verchlemmige lydet? Derby hei mir i der mittelhochdütsche Zyt ds Verb *liebe* sogar i der Kanzleisprach bbruucht. Der Dekan Stalder het i sys Wörterbuech 1812 ds härzige *Liebeli* für ds «Müntschi» ufgno. Aber i üsem Jahrhundert verzichtet sogar der Tavel druuf. «I cha ja nüüt derfür, dass i ne so grässlech gärn ha, i mues eifach», schluchzet ds Bethli Vilbrecht, für sy Vatter derzue z bringe, dass äs sy Ruedi Landorfer darf hürate («Ja gäll, so geit's»). Bi üüs daheime het me allerdings dütlech underschide: Ds Verb *lieb ha* gilt für Liebeslüt. «Hürate sött men ersch, we me öpper würklech lieb het», so het is d Mueter ygschertt: «Nume gärn ha isch z weni.» Umso merkwürdiger dunkt's mi, dass usgrächnet und nume ds abstrakte Houptwort *Liebi* vo dere Wortfamilie hütt als bärndütsch gilt.

Jä – und wi isch es de mit em abstrakte Houptwort *Schuld?* Irgetwie het das doch für üüs alli es hochdütsches Gschmäckli, o we mer ke bärndütsche bessere Begriff derfür wüsse. Bi der Mehrzahl *Schulde* hei mer keni Hemmige: Das isch gryfbar, also isch es o bärndütsch!

Statt Schuldgfüel z ha, säge mir also lieber: *I weis, i bi dschuld.* Aber o weh: Sit Jahre wirden i geng gfragt, wiso ds Wort *tschuld* im «Bärndütsche Wörterbuech» fählt. Ganz eifach: wil i's under em d- ygordnet ha (dschuld) und nume bim S- (Schuld) e Verwys gmacht ha. I ha eifach denn gmeint, alli Lüt spräche's mit emne weiche d-uus, bis i du bim Mani Matter entdeckt ha: «… wi we du tschuld wärsch, dass d Wält so suuft» (Warum syt dir so truurig», S. 36). Vo der Sprachgschicht här isch üses dschuld nämlech der Bewys derfür, dass ds hochdütsche Adjektiv schuld (du bist nicht daran schuld) eifach ds Substantiv Schuld isch, wo i ne Eigeschaftsfunktion ynegrütscht isch. So guet, wi me het chönne säge: «Du bist die Ursache für…» het me äbe scho im Mittelhochdütsche o d Schuld mit der Pärson glychgsetzt. «Du bist die Schuld» (das passt zur Todesstraf, wo me mit der ganze Pärson tuet verbüesse!).

Speter isch der dütsch Artikel *die* vom Verb *ist* verschlückt worde. I üsem *dschuld* isch er erhalte bblibe. Scho 1525 isch bi üüs der theologisch Satz ufgschribe worde: «Dass Gott nit allweg erhört, ist dschuld: Er (der Mensch) weiss nit, was er bitt.» Speter sy mir du no wyter ggange als ds Hochdütsche. Mir chöi säge: «I gibe di dschuld», wo's hochdütsch heisst: Ich gebe dir die Schuld.

Ganz zum Schluss öppis zum Nachedänke: Isch es nid glunge, dass usgrächnet die zwöi Gfüel, wo i üsem chrischtleche Aabeland sit zwöi Jahrtuuset di gröschti kulturelli Errungeschaft bedüte, d Liebi und ds Schuldgfüel, im Bärndütsche mit magere zwöi Wörtli müessen us-cho?

Der Eschtrig, der Soller und d Reiti

Wo my Mueter mi vor meh als sächzg Jahr z Bärn «i Söller» mitgno het, han i mir en eichedorffschi Dachterrasse oder e Rittersaal mit Balkon vorgstellt: «Hörst du nicht die Bäume rauschen draussen durch die stille Rund? Lockt's dich nicht, hinab zu lauschen von dem Söller in den Grund?» Stattdesse sy mer i der Marktgass Schattsyte (übrigens: i ha z Bärn nie vo der Märitgass ghöre rede. My Grosseltere-Generation het no «Wybermärit» gseit) i ne vierte oder füfte Stock ufe ggogeret und i neren Art Eschtrig-Sääli, zimlech fyschter und chuel, gläntet. D Solo-Suite vom Bach, wo my Cellolehrerin du dert gspilt het, sy trotzdäm herrlech gsi i däre guete Dach-Akustik, und ds Ganze het sowiso scho denn öppis vo mene Gheimtip für Ygweihti gha. O dass dä Konzärt-Ruum Söller gheisse het, het ihm e Huuch Romantik ggä.

I ha denn und no lang speter ke Ahnig gha, dass e *Soller* – wien er bärndütsch eigetlech richtig heisst – dä Ort im Huus wäri, wo d Sunne am beschte derzue chunt, also der oberscht Stock, wil nämlech das Wort vom latinische solarium abstammet.

Der Dichter Hans Sachs schrybt no Soller, aber sit em Luther syr Bibelübersetzig (Psalm 104, 5) seit me uf Hochdütsch nume no Söller, wärend sech bi üüs vorab uf em Land d Ussprach *Soller* het chönne halte: der Chuchisoller, der Garbesoller, der Habersoller. Dernäbe git's o d Ussprach *Solder*. «Der Soller isch der Eschtrig über em Wonigsteil vom Burehuus und d Reiti dä über em Stallteil, und undedrann, mittsdrinn, isch ds

Tenn», het mer e gwixti Burefrou erklärt. Aber äbe: Das gilt nume für e weschtlech Teil vom Bärnbiet und ds Dütschfryburgische – es Zeiche derfür, dass dä Soller wortmässig vo de wältsche Dialäkte gstützt wird (*solai,* «étage supérieur d'une grange» heisst's zum Byschpil im Wörterbuech vo Blonay vo 1910). Im öschtleche Bärner Oberland, wo dä Wälschlandkontakt nid da isch, isch ds Wort Soller oder Obersoller zur Bezeichnig vo jeder Dili worde (mit der Variante *Solder* am rächte Thunerseeufer). Der Emmanuel Friedli gchennt für Grindelwald ds Verb *sollere* für «e Dili boue» und z Guggisbärg der Usdruck «es *ygsollerets* Füürhuus» für ne gmuureti Chuchi (vermuetlech mit gmuureter Dili statt emne Dili-Chemi).

Und jitz d *Reiti.* Uf de Sprachatlas-Charte VII, 138 und 219, isch das Wort uf zwo Bärnbiet-Gägete beschränkt, uf ds Ämmetal, Wasseramt und Oberaargou uf der einte Syte und d Thunerseegäget mit em Nidersimmetal uf der andere. Derzue chunt ds ganze Aargou. Das Wort stammet wi d Dili nid usem Latinische und also o nid us der stedtische Boukultur. Es chunt us em eltischte Germanisch. Der glych Wortstamm *reit-* finde mer i de Wort bereit, bereiten und o reiten, ryte. D Reiti isch der Ort, wo d Bruefsruschtig vom Buur oder vom Handwärcher «bereit» isch zum sofort bruuche. Das cha en Egge im Tenn sy oder o eine uf em Bode, oben a der Leitere, im Tenn. Bim Gotthälf isch d Reiti der sicher Ort, wo sech d Manne gö ga verstecke vor irget emnen Erger, syg das e unagnäme Bsuech oder der schlächt Luun vo der Burefrou.

I der Oschtschwyz het sech das Wort wyterbewegt

vom Ort, wo ds Wärchzüüg parat isch, zum Möbel, wo me's dinn versorget. Üse Schwigersuhn het es wunderschöns zwöihundertjärigs Schaffreitli us em Züribiet i d Eh bbracht. Das isch e chlyne Schaft, öppe e Meter füfzg höch, mit emne Tablarteil und emne Schubladeteil, wo alls für ds Schaffe (Schaft!) grad «bereit» (Reitli) ligt. E Reiti cha aber i der Oschtschwyz sogar ds Wärchzüüg sälber sy, e Hanfbrächi oder e Teil vom Wäbstuel.

O we sech d Bezeichnige Soller und Reiti no nes Wyli chönne halte, tuet sech doch ds Wort Eschtrig geng meh düresetze, o uf em Land. Es isch es Wort us der stedtische Boukultur – und zwar sicher us de Herehüser, wo men e Ruum bbruucht het, für alls das ufzbewahre, wo me vo früecher gha het, nümme bbruucht het und doch no het welle spare: Eh, was het das im letschte Chrieg für ne Sach ggä, wo befole isch worde, i de Stedt d Eschtrige z ruume wäge der Füürgfahr bi Flügeraagriffe! Tagelang hei d Husfroue gruumt und gwärweiset und de doch wider uf d Syte gleit, wil me ja nie het chönne wüsse – d Stoffe sy ja rationiert gsi – was me doch no einisch müess bruuche. Bi myr alte Fründin hei mer is no einisch schnäll verchleidet mit den alte wyte Schüp und de risige Hüet, bevor si i ds Stadttheater gwanderet sy für d Schouspiler-Garderobe. Sider isch überall der Platz i de Hüser vil koschtbarer worde, und me spart nümm so vil Sache wi früecher.

Ds Wort *Eschtrig* het wi syni Gspane o der Wäg dür ds ganze Huus gmacht. Zu nere Zyt, wo d Germane no i Zält und schittere Hüttli gwohnt hei, het me z Griecheland de Keramikplatte, wo me für ds Schrybe und o für d Husböde bbruucht het, *ostrakon* gseit. Das isch im Latinische zu *astracus* worde. Keramikschirbi het me speter zvolländs verchrooset, de mit Chalch gmischlet und uf de Stei- oder Holzböde verstriche, für die glatt und füürsicher z mache. Vorab natürlech im Parterre. Und drum het o ds dütsche Wort *Estrich,* wo us *astracus* gwachsen isch, zersch eifach der Plättli- oder Steibode vorem oder im Huus bedütet, öppe im latinisch-dütsche Wörterbuech vom Johannes Fries z Züri um 1560 («gepflasterte büne, besetzte tile»). Aber scho im 18. Jahrhundert notiert der Samuel Schmidt im «Idioticon bernense», der Eschtrig syg e Bode us Ziegle oben im Huus – im Stadthuus und i de Herestöck uf em Land. Und däm fürnäme Ambiente verdankt das Wort sicher sy Sig über alli andere Eschtrig-Wörter.

Fädilätsch und Gaffeerahm

’s isch no gar nid lang här, da het einisch der Dr. Sommer im «Unser Deutsch» dervo gredt, wi ds Schriftdütsche e sehr e diräkte Kanal het, für geng meh Platz bi üüs z erobere: nämlech di zämegsetzte Houptwörter. Kes Wunder: Nöji Erfindige sy am eifachschte z bezeichne mit zämegsetzte Houptwörter, we me nid wi hütt eifach nume d Aafangsbuechstabe wott bruuche. Taschebuech, Hochhüser, Chüelschrank, Schinkegipfeli, Chrüterbutter und Gaffeerahm – das sy syni Müschterli für di hochdütschi Underwanderig bi üüs.

I nere sehr interessante Dissertation isch vor zwänzg Jahr vom Dr. Wolfensberger der «Mundartwechsel im 20. Jahrhundert» bi de Ywohner vo Stäfa im Kanton Züri undersuecht worde. Dert gseht me, dass di eltere Stäfner bi Chrüterbutter und Kafirahm no gstutzt hei und probiert, der Satz anders z drääje: «S Vreni hett söle de Nydel schwinge, aber er isch nüd gstande, 's isch ja nu besseri Milch gsi – Kafirahm sägi us Prinzip nööd!» Aber di Jüngere und di Zuechezüglete hei da scho gar keni Hemmige meh gha.

Gnau glych wi de Stäfner geit's o üüs Bärner. Nöieri Erfindige mit zämegsetzte Näme chönne mir chuum meh verbärndütsche. Vor füfzg Jahr het me den erschte Chüelschränk z Bärn zwar no frigidaire (urbärnisch!) gseit, aber hütt ghört me nüüt meh anders als Chüelschrank – o we mir doch süsch em Wort Schrank gägenüber rächt resistänt sy (me ghört doch nume Chuchischaft und Chleiderschaft, nume hie und da schlycht sech ds aargouische Chaschte y: öppe bi Schuechäschtli).

Glungenerwys git's jitz aber o zämegsetzti Houptwörter, wo ds alte Bärndütsch besser bewahre als di eifache (der Wolfensberger seit ne Reliktwörter)! Das isch mer ufgfalle bi de Briefe, won i na mym Jenner-«Stübli» über ds «Ysch» übercho ha. Vo Leubringe het mer e eltere Her sys halbe Läbe ahand vo sync Schue-Erläbnis erzellt, am liebschte hätt nech dä luschtig Brief ganz abddruckt, aber er wär z läng. Er redt vo Ys, nid vo Ysch, aber seit Ysch-wasser! Ds alte bärndütsche Wort het sech also i der Zämesetzig besser ghalte, als we's alei steit. Anderi Briefe rede vo Ysch-chlümpe und vo Ysch-glungge, aber o vo Ys. Umgchehrt bruuche o Bärner, wo no Ysch säge, ds Wort Ys-Maschine oder Ys-schrank oder Ys-schublade! Je nachdäm, wi alt d Sach isch, wo mit em zämegsetzte Wort gnamset wird, heisst's dert Ys oder Ysch – ganz unabhängig vom Einzelwort und syr Ussprach.

Nöji Erfindige sy füraa Mannewärch. Und dir gchennet mys feministische Penchant. I tue für ds Läbe gärn handarbeite. Und drum han i mi no gly einisch gfragt, öb ächt i der Frouenarbeit di zämegsetzte Houptwörter glych reagiere wi i der Maschinewält (alti Sache: bärndütschi Überblybsel, nöji Sache: hochdütschi Infiltration?).

Bim Handarbeite hei sech di alte bärndütsche Usdrück bis jitz rächt guet chönne düresetze – o i den eifache Houptwörter und Verbe vom Lisme über e Lätsch zur Färsere und zum Chäppli, vo de Chnöpfli zum Ris Nadle und zum Fädlig und Näätlig (di zwöi Wörter git's überhoupt nume bi üüs, ds einte für en abgschnittene Fade ohni Nadle, ds andere scho ygfädlet).

Aber blybe mer bi de zämegsetzte Wörter. O die sy schön bärndütsch bblibe, ds Rischtabstäche, ds Löchlimuschter, ds Wullechlungeli, ds Lismerchörbli. Und nid zletscht der Fadeschlag mit em Verb zfadeschla, wo über ds eigetleche Nääje uus isch gwachse – me tuet e Red oder e Predig zfadeschla, nid nume d Söum. Am urtümlechschte bärndütsch isch der unübersetzbar Fädilätsch («nur mit einem Teil des Garns gestrickte Masche»). Das sy luter Wörter, wo d Müetere und d Arbeitslehrere irne Töchterli wyterggä hei sit Generatione. Es zeigt o, wi sorgfältig d Arbeitslehrere mit irer

Sprach umgange – grad eso sorgfältig wi mit em Nääjmaterial: Si hei sech dermit es bsunders Chränzli vo üüs Sprachfründe verdienet! Me darf hie vilecht o einisch säge, dass niene i der Wält d Arbeitsschuel eso ne längi und sorgfältigi Vergangeheit het wi im Kanton Bärn, wo d Chinder bis hütt früecher aafange «wärche» i der Schuel als überall süsch.

Aber o bi üüs: We de d Nääjmaschine drachunt mit allne irne hochdütsche Rezäpt, mit de Ziernäht, der Stichplatte, der Underfadespannig und em Füesslihe-ber, de hört's uuf mit de bärndütsche Usdrück! Und we de üsi «Strick-Fans» zum Bahnhofkiosk gange ga nes Burdaheftli choufe, de wird de nume no gredt vo Strickmuschter, vo Luftmasche, vo Ufplättfolie und vo Strickaaleitig, vo Mascheprob und vo Wasch-Aaleitig! De isch es uus mit de bärndütsche Usdrück!

De zeigt es sech, dass d Sprach vo der Frouenarbeit gnau de glyche Gsetz folget wi die vo de Manne: Schwallswys chunt ds Hochdütsch via zämegsetzti Wörter yne, und ds Bärndütsch überläbt nume dert, wo's entweder luschtig tönt (Wullechlungeli) oder öppis Altbekannts am eifachschte bezeichnet (der Fadeschlag) oder men überhoupt uf hochdütsch ke Usdruck findet, wi äbe bim Fädilätsch.

Es fägt!

Ds Fäge isch albe der Inbegriff vo nere Hushalt-Frongsi: Mit der Fägbürschte d Steistäge oder der Chuchibode, wenn müglech uf de Chnöi, yseife, gründlech verrybe, de mit em nasse Bodelumpe «ufnä» und schliesslech trocherybe, bis es glänzt. Hütt, mit de guete Putzmittel, geit's echly ringer. Me mues o nümm jedi Wuche derhinder. Und trotzdäm: Es fägt weis Troscht geng no nid, das chätzers Fäge. Und usgrächnet vo däm Wort het d Jugetsprach vom zwänzigschte Jahrhundert d Usdrück «e härzige Fäger» und «das fägt» abgleitet! Wi isch das müglech?

Zersch echly Gschicht und Geografie: *Fegen* geit uf ne germanischi Grundsilbe *pek* zrügg, wo eifach «schönmachen» bedütet het. Ds altnordische *fagr,* «schön», mit em Chünig Harald Harfagri, «Harald Schönhaar», wo im zähte Jahrhundert ds norwegische Chünigtum begründet het, ghört äbeso derzue wi ds änglische Wort *fair,* wo dank em Sport sit Jahrzähnte o bi üüs fescht etabliert isch – en ächti Berycherung vo üser Sprach und Kultur dür ds Änglische, wil es alls Schuelmeischterleche usschliesst! Und für zum Putze zrügg z cho: Das het sech dür d Jahrhundert so verteilt, dass men im Norde vo Dütschland *fegen* für ds trochene Wüsche bruucht und im Süde, bsunders i der dütsche Schwyz, äbe für ds nasse, also gnau umgekehrt: Das han i synerzyt glehrt, won i einisch es Au-pair-Meitschi vo Kiel ha gha, wo geng denn gfägt het, wen i wüsche befole ha, und gwüscht, we's hätt sölle fäge. In ganz Mitteldütschland seit me für fäge *kehren.* O im Glychnis vo der Husfrou, wo ds Huus putzt, für ires verlorene Gäldstück wider z finde (Lukas 15, 8) steit: Sie kehrt das Haus... We der Luther so übersetzt, begryfft me's. Aber we's o i der nöischte Zürcher Übersetzig eso steit, isch das es Zeiche, dass d Manne no hütt kei Ahnig hei vo der Husfroue-Püez. Oder chehre si ds Huus um bim Putze?

Ja und jitz di Wörter *Fägnäscht, Fäger, es fägt* – tüe o die d Husfrouenarbeit verachte, wil si us em Fäge öppis Schöns oder emel Nätts mache?

Da isch emal ds *Fägnäscht.* Das isch, o we mer's vorab für chlyni Chinder bruuche, eigetlech no nüüt Schöns, sondern ender öppis Ergerlechs. No hütt, wen i im Supermarkt Froue mit chlyne Chind beobachte, wo si geng müesse luege: Was rysst's jitz wider füre? Was het's wider i der Hand, wo nid ihm ghört? Wo het's jitz sy Chappe la lige? – de bsinnen i mi wider, win ig albe, mit zwöine oder drüüne Chind rund um ds Ychoufs-Wägeli, jedem grad vo allem Aafang aa es Päckli Nudle oder e Rüebchöhli oder süsch öppis nid Attraktivs i beidi Händli gschoppet ha, dass es ke Schoggela het chönne ga fürechnüble oder kes Täfeliseckli het chönne aberysse... e gruusame, aber verzwyflete Versuech, myne Fägnäscht-Chinder Meischter z wärde. Me gseht bi däm Wort grad es Vögeli, wo sys Näscht putzt. Oder mi dänkt a ds Bett, wo ds Chind drin ume-«näschtet». Hütt, am Jahrhundertändi, ghört me das Wort chuum meh. Hütt redt me vo Hypermotoriker, das macht sech besser.

Und wie isch es mit em *härzige Fäger?* I ha scho d Vermuetig ghört oder gläse, es gang um e Chemifäger. Das syge früecher geng ganz jungi, ganz schlanki Manne gsi, wo dür di änge Chemi heige chönne ufechlättere und de z oberscht heige gjutzet, nid öppe freiwillig, sondern wil der Meischter het welle wüsse, dass si im Chemi nid öppe erstickt syge, und o für e

Ruess us der Lunge usezputze. Trotzdäm: So aamächelig isch e schwarze, ruessige Maa de o wider nid! Das Wort ghört ganz eidütig i d Jugetsprach im Aafang vo üsem Jahrhundert. «Das schatzige Dökti isch's, dä härzig Fäger», schwärmt i de Gschichte vo der Rebekka Yscher (1901, nöi erschine 1991) es Meitschi, wo zum Fänschter usluegt, wär lütet (sälber darf es natürlech nid ga uftue). Und im Stück «Häberlis Pudi» vom Otto vo Greyerz (ddruckt 1913, aber früecher ufgfüert) steit sogar der Usdruck: «es fegers Hundli». Das dütet druuf, wi di Studänte vor und nach der Jahrhundertwänd iri Usslandsemeschter in Norddütschland, z Berlin vor allem, absolviert hei und de vo dert d Studäntesprach heibbracht und wyter mitenand bbruucht hei. *Feger* het dert «schön, rassig, härzig» bedütet, fasch no wi zu Chünig Haralds Zyte.

Zwo Generatione speter, o i der Jugetsprach nach em zwöite Chriegsändi, isch du der Usdruck *«es fägt»* ufcho, mit der Variante *es fätzet* oder *es isch fägisch,* i nere Zyt, wo me im Dütsche starchi Usdrück pflegt het, o we me füürige Antimilitarischt isch gsi: «Das haut hin, das wirft mich um.» Isch «das fägt» o so ne agressivi Erfindig? Nei – my Maa und i, wo denn no gärn tanzet hei, gseh's anders, nämlech i der Tanzmusik vo der Jahrhundertmitti: Da sy di schnälle synkopische Bewegige vo de Tanzpaar ufcho mit de länge Röck uf em glatte Parkett – und derzue bi de Jazz-Instrumänt d Bürschte und ds Fägbrätt u d Raffle. Ds Fäge chunt allwä vo dert und het sech drum so guet chönne etabliere, wil Bild und Ton und Ussag ganz gnau zäme passe.

Und e Nachtrag sibezäh Jahr speter: Da wird im «Bund» vom 2. Horner 1998 e Füftklässlere bim Schyfahre mit Huskies zitiert: «Das fägt im Fau henne!» F-f! Es Jahrhundert Fäg-Wörter mit Bedütige, wo üsi ganzi Kultur vo däre Zyt umfasse – Härz, was begärsch du meh?

D Genist

Voletscht isch mer öppis Glunges passiert. E Gschichtsstudänt, wo alti Kanzlei-Brichte het müesse erforsche, het mi gfragt, öb ig ihm chönn erkläre, wie ds Wort *Gneist* zur Bedütig «Geburt» chöm. Im «Schwyzerdütsche Wörterbuech» II, 674, heissi's nume «Funke» oder «Schelte» und syg männlech, wäret's i syne Tägschte wyblech syg. En achzgjärigi Hebamme z Riggisbärg het mer gseit, *gneischte* oder *gniischte,* das syg nere bekannt. Es heissi umefägnäschte. Und e Gneischti syg e unrueige Mönsch, wo sech niene chönn still ha. Eso steit das Wort o im Wörterbuech vorab mit alte Belege, wo vor allem us der öschtleche Hälfti vo der Schwyz stamme, eis sogar vom Zwingli «ein Gneist des göttlichen Geistes». Aber nüüt vo Geburt!

Der Studänt het mer du telefoniert, sys Wort chönnt o *Gnist* oder *Genist* heisse. Und da han i's du o gfunde. Klar: I der alte dütsche Schrift sy ds *e,* ds *n* und ds *i* so ähnlech und naach zäme, dass me Müe het, sen usenander z ha.

Die *Genist,* das bedütet d Geburt oder no besser der Geburtsvorgang. Me findet das Wort i vilne alte Chorgrichtssatzige und -manual. Es isch ds Substantiv vo *genesen* (i der dritte Pärson: sie *genist*), und genesen isch ds alte offizielle, «schöne» Wort für gebären. Mit Genitiv notabene: Sie genest oder äbe: genist eines Kindes. Für ne Gmeind und für ds öffentleche Rächt isch e Geburt vor allem denn interessant, we si usserehlech isch. «Genist sie heimlich, so verliert sie für ein und allemal die Paternitätsansprache (d.h. der Aaspruch a Vatter) und bleibet ihr das Kind mit allen Folgen», heisst's i «Bärner Satzige» vo 1787. Das isch e Gfahr für d Gmeind. Eh weder nid bruucht di Frou de e soziali Understützig. Also mues me der Vatter erfahre. Und drum sy «ehrbare Männer zum genistlichen Examen bestellt» worde, wo d Chindbettere no wäret der Geburt «in den Geburtsschmerzen ernstlich vermahnen, nach ihrem besten Wissen und Gewissen den wahren und einzigen Vater ihres zu gebärenden Kindes anzuzeigen, und diese Anzeige alsbald in Schrift zu verfassen». Und: «Nach der Genist soll das Chorgericht innert 14 Tagen die genistliche Aussage der Klägerin dem beklagten Vater gehörig bekannt machen lassen.» Iri Ussag wäret der Geburt isch gültig gsi, si het alli andere Ussage, wo d Frou eventuell vorhär oder nachär über e Chindsvatter gmacht het, dürta. We si einisch d Wahrheit seit, het me ddänkt, de sicher wäret der «Genist», i de Schmärze.

Me chönnt im erschte Schreck über di Rächtspraxis im alte Bärn – ds «Schwyzerdütsche Wörterbuech» bringt aber Zitat über Genistverhör us der ganze dütsche Schwyz vo 1667 bis 1832 – a ne bsunders gruusami Foltermetode dänke, wo ja würklech nume

Manne heig chönne z Sinn cho! Aber me merkt de ab allem Läse, dass es em Chorgricht würklech um ds Wohl vo Mueter und Chind isch ggange. Me het eifach welle, dass e Vatter für se sorget, und dermit het sech natürlech o d Gmeind chönne vo nere herte Sozialpflicht entlaschte. Aber trotzdäm: Wen i nume a myni füf Geburte (di letschti e längi Zwillings-Geburt) dänke, wo würklech ds Schmärzhaftischte vo mym Läbe sy gsi (und o ds Schönschte, das giben i gärn zue) und wo eim der Gedanke a Tod vom erschte bis zum letschte Pyscht ganz naach begleitet, de dunkt's mi, we jitz da so Manne täte ufträtte, so chönnt i die nachär hasse bis a mys Läbesändi. Gschwyge de, we's mer wär wi emne Chörndli zwüsche zwei Mülisteine, hie der Chindsvatter, wo mi – sicher mit Druckmittel – zum Schwyge zwingt, und da di Manne, wo nid lugg lö mit irne Frage... Begryffe si nid, dass scho d Angscht vor nere settige Situation so und sovil Meitschi het la Chindsmördere wärde?

Dä «Stübli»-Artikel isch am 28. Novämber 1981, am Samschtig vor em erschten Advänt, im «Bund» erschine. Er het mit de folgende Zyle ufghört:

Liebi «Stübli»-Läser, vilecht syt dihr enttüüscht über dä «Stübli»-Artikel. Morn fyre mer ja der erscht Advänt. Henu, das heisst, mir gange stracks uf ds Fescht vo nere Geburt zue, wo denn für di Beteiligete o nid luter Fröid bedütet het, weder für e Joseph no für d Maria, no für ds Chind i der Chrüpfe. Derfür dörfe mir jitz hindedry umso meh Fröid dranne ha, und die wünschen i üüs allne vo Härze.

«Chömet, Giele!» oder: Wär isch der Vatter vom Wort Giel?

Vor sächs Jahr het der Erwin Heimann imne «Stübli» erzellt, er heig im Chrieg einisch Oschtschwyzer Soldate, won er als Lütnant öppis mit ne het sölle undernä, eso aagredt. Und si syge furchtbar beleidiget gsi: So löie si sech nid la beschimpfe! Er isch du em Wort *Giel* nacheggange, aber het ke schlüssigi Antwort gfunde. Im «Schwyzerdütsche Wörterbuech» chunt's (mit emne Fragezeiche) vor als alts Wort für «Maul, Schlund» und em Zitat vo ca. 1500: «Was taten die von Hochentwiel, den (denen) all weg offen stand der giel, als wollten's jedermann fressen.» Als zwöiti Bedütig isch de «Pl. Giele, Buben, Jargon der Berner Jugend» aaggä.

Der Erwin Heimann het du im Buech vo der Salcia Landmann «Jiddisch. Das Abenteuer einer Sprache» es Basler Ratsmandat mit em Titel «Wider die Gilen und die Lahmen» erwähnt gfunde. D Frou Landmann meint, der Name *Giler* oder *Gilen,* wo Bättler bedütet, chöm vom gääle Lätt, wo sech d Bättler i ds Gsicht gschmiert hei, für rächt chrank uszgseh, so, wi der Name *rotwälsch* dervo chöm, dass si sech Bluet i ds Gsicht gstriche hei. Vo da, schlat der Heimann vor, liess sech ds bärndütsche *Giele* la erkläre.

Wider anders gseht's ds Grimm-Wörterbuech. Im Mittelalter het's es dütsches Wort *Gil* oder *Geil* ggä, wo «Spott» oder «Bschis» bedütet het. Dervo isch ds Wort *geilen* abgleitet worde, wo «spotte», aber o «bschysse» oder «bättle» gheisse het. D *Giler* oder *Geiler* sy Bättler gsi, wo mit Uverschanti oder Bschis hei probiert, zu Gäld z cho. Ds Spätmittelalter isch ja vo der Bättlerplag fasch gfrässe worde. Chriegsverletzti, Waisechind, Behindereti hei probiert, sech vorab i de Stedt däwä dür ds Läbe z bringe. D Regierige hei sech Müe ggä, mit Mandat iri Bürger z schütze, wäret d Chrischte, vorab d Froue, mit der Gründig und Füerig vo Pfleg- und Siechehüser ds Eländ a der Wurzle packt hei.

Das Wort *Gil* oder *Geil* söll uf nes altfranzösisches Wort *la guille* zrügg ga, wo o «Spott u Bschis» bedütet het und synersyts us em Fränkische stammet (kes Wunder, we me a d Zueständ bim merovingische Chünigshof dänkt!).

Jitz git's aber im Dütsche o no en anderi Wortfamilie, wo ganz ähnlech tönt, aber nüüt mit der fränkische söll z tüe ha, nämlech die vom Adjektiv *geil*. I der eltere dütsche Sprach heisst das eifach «chreftig, läbesluschtig, fröhlech und fruchtbar». Der Luther fragt sech zum Byschpil, wiso Jesus am Palmsunndig uf neren Eselin und uf emne Eselsfüli nach Jerusalem ynegritte syg. Eis Tier hätt's doch ta! «Er hat zuerst auf dem füllen gesessen, aber dieweil es noch geil und ungezähmt gewesen, hat er darnach auf der eselin gesessen», erklärt er sech's.

Bis i ds achtzähte Jahrhundert redt me o vo geilem Graswuchs. Aber dernäbe het *geil* geng o «sexuell ufglade» bedütet. My Mueter het üüs Meitschi ds Wort Giele rundewägg verbotte – äbe wil si überzügt isch gsi, es hangi mit em hochdütsche geil zäme. Geil und Giler sölle aber gar nid mitenand verwandt sy – ds einte wird uf ds Fränkische, ds andere uf ds Gotische zrügg gleitet. Wie de ds französische *la guille* und o *guilleret,* wo mit nere elegantere Nuance ja ds glyche bedütet wi geil, mit de dütsche Wörter im einzelne zämehanget, isch mer nie klar worde.

Uf all Fäll isch eis sicher: D Vatterschaft vom Wort Giel isch unklar, wi so vil Vatterschafte, sprachlechi, natürlech! Me weis o nid, wiso das Wort usgrächnet z Bärn i der Matte Fuess gfasset und vo dert uus ds hüttige Bärndütsch eroberet het. Im nöischte Lehrbuech für Bärndütsch vo der Franziska Feuz-Turnheer wird e bärnischi Familie vorgstellt: «der Vatter, d Mueter, ds Meitschi und der Giel». Giel also etabliert und offiziell! Und tatsächlech, we me sech's überleit: Es isch höchschti Zyt derfür. Es git ja süsch bi üüs nume ds Wort *Bueb,* und das isch en überstrapazierte Begriff i üser Sprach. Es bedütet ja nid nume Suhn (geng mit em bsitzaazeigende Fürwort: my Bueb), nei, bsunders uf em Land isch es o d Bezeichnig vom Verdingbueb gsi: «Das isch nid dy Ätti, du bisch nume der Bueb», heisst's im «Burespiegel» vom Gotthälf. Bueb isch o d Abchürzig vo Lehrbueb (was allerdings i der zwöite Hälfti vo üsem Jahrhunder gottlob us der Mode cho isch). «Junge» seit ke Mönsch bi üüs, bsunders sit der Hitlerzyt, und «Chnab» chunt nume no i de Volkslieder vor («und der jung Chnab zog zum Kriege…»). So füllt ds Wort Giel e rächti Lücke im Bärndütsch (hütt seit me zwar lieber e Nische) und cha sech hoffetlech für geng im Bärndütsche etabliere und daheime gspüre – Vatterschaft hin oder här!

Glünggi und verseckle – zwöi Wörter mit verchehrter Gschicht

Der chalt-grau Novämber rüeft geng emne chly luschtige «Stübli»-Bricht. Glingt er mer ächt, oder tue nech nume schoggiere?

Vor paarne Monete het bimene Lehrabschlussexame en Exame-Experte emne Lehrbueb e schlächti Note ggä, wo nid nume ihn, sondern o sy Lehrmeischter wüetig gmacht het. Der Lehrmeischter het bim Experte reklamiert und gseit, jede Glünggi chönn ja schliesslech Experte wärde. Und prompt het dä Experte der Lehrmeischter wägen Ehrbeleidigung ygchlagt. Hie im Kanton Bärn! Und i bi du aagfragt worde, öb Glünggi würklech es ychlagbars Schimpfwort syg. Es heissi doch im Buech vom Andreas Lötscher, «Lappi, Lööli, blöde Siech. Schimpfen und Fluchen im Schweizerdeutschen» (1980) nume: «Auch der Glünggi zeichnet sich nicht durch Überorganisiertheit aus. Ihm machen wir eher seine Trägheit, seine mangelnde Energie zum Vorwurf.» Üüs allne chunt sicher o grad em Mani Matter sys Liedli z Sinn: «E Löu, e blöde Siech, e Glünggi un e Sürmu/hei einisch zäme Krach gha, es riesegrosses Gstürm, wüu/dr Glünggi het zum Löu gseit, är syg e blöde Siech…»

Ja – wo isch eigetlech d Gränze zwüschemne blöde Spruch und nere ychlagbare Beleidigung? Hanget das am Änd nume vo der Arbeitsbelaschtig vom Richter ab? Nei – es git da scho subtileri Entscheidigsgründ, dihr wärdet's grad gseh.

Mir Bärner bringe sicher, ganz ohni nachezdänke, ds Wort *Glünggi* mit der Glungge zäme: E Glünggi isch eine, wo i jedi Glungge trappet, oder o eine, wo so trüeb und unnütz isch wi ne Glungge uf der Strass. Aber plötzlech isch mym Maa (es geit halt nüüt über ne gschyde Maa!) z Sinn cho, dass ihm einisch en altygsässeni Zürchere gseit het, z Züri syg Glünggi ganz es wüeschts Wort mit emne sexuelle Undertönli. Und das het mer my aaghürateni Cousine, o si en ächti Stadtzürchere, grad bestätiget. Nie hätte si als Chinder daheime das Wort dörfe i ds Muul nä! Jitz han i ds «Schwyzerdütsche Wörterbuech» füregno und dert gläse, dass glangge, glungge und glüngge vorab i der öschtleche Dütschschwyz «plampe», «schlaff und baumelnd herabhängen» bedütet. Der Glünggi syg e «grosser, aber körperlich und geistig vernachlässigter Mensch, träger, willenloser Tölpel, Nichtsnutz», also eine, wo alls an ihm umeplampet und wo sälber schwankt bim Loufe, und ds Glünggi (sächlech) syg «etwas schlaff und baumelnd Herunterhängendes, schlecht angepasste Kleider, Hängebauch, Kropf, Hodensack». Da hei mer's! Und di Wörter hei nüüt mit der Glungge z tüe vo irem Ursprung här. Si ghöre i di lutmalerischi Familie vo klingen und Klang (es git näbem Verb glüngge o: glangge). D Glogge töne äbe nid nume, si plampen o. Di paralleli Bedütigsentwicklig hei mer im hochdütsche bim-bam, bammeln, der Bammel. Und vo dert isch d Bedütig em Schlächte zue gwanderet. Hütt isch e Glünggi z Züri e Lugner, e Bschyshund, eine, wo syni Mitmönsche yneleit, vorab, we's um Gäld geit.

Jitz begryffe mer vilecht, dass der aagchlagt Lehrmeischter und sy Fürspräch hei müesse zittere. Der Gägenaawalt isch nämlech e Zürcher gsi! Was, we o der

Richter us em Züribiet stammet? Aber gottlob isch der Aagchlagt du freigsproche worde – mit nere ganz salomonische Urteilsbegründig: Der Lehrmeischter heig ja em andere nid gseit, är syg e Glünggi, sondern nume, jede Glünggi chönn Experte wärde.

Voletscht han i di Gschicht es paarne Bekannte erzellt. Da isch eine grad bleich worde. Jä – öb de jedes Wort mit emne sexuelle Gschmäckli ehrerüerig syg? Är heig chürzlech eim gseit, är *verseckli* alli, won er mit ne z tüe heig, und dä heig ihm o mit Ychlage ddroht, aber är heig nume glachet. Müess er jitz o zittere? Henu, da chan i jitz grad öppis i Sänkel stelle, won i früecher einisch (1985) im «Stübli» gschribe ha. Es stimmt, dass o d Verbe seckle und verseckle z Bärn als aarüchig gälte, wil me se mit em «beschte Körperteil» vo üser Mannewält zämebringt (dä schön Usdruck han i us der Underhose-Reklame). O mir hei sen als Chind nie dörfe bruuche. Glungnigerwys hei aber beidi Verbe vo irem Ursprung här nüüt, gar nüüt mit em Hodesack z tüe. Si sy nid emal underenand verwandt! Ds Wort seckle für «pressiere, rönne» chunt erscht i der nöiere Zyt vor. Es söll i de Sydebandfabrigge z Basel etstande sy, wo d Arbeiterinne Übersocke aagleit hei, uf baseldütsch Seggli, für d Pedal vo de Wäbmaschine z bediene. Und wil di meischte Wäberinne geng hei müesse pressiere, für zur Zyt id Fabrigg z cho vo der Hushaltig ewägg, sy si vom Sockeaalege i d Maschineрüüm und zrügg äbe gsegglet.

Das Wort isch o i üsem Jahrhundert es stedtischs Wort bblibe, z Basel und z Bärn. Im mattenänglische Wörterbüechli vom Greyerz chunt's nid vor, und im «Schwyzerdütsche Wörterbuech» o nid.

Ds Wort verseckle hingäge erschynt scho vil früecher i üsem Dialäkt. Scho 1812 steit im Idiotikon vom Dekan Stalder: seckeln, ausseckeln: «einem den Beutel leeren, rein ausplündern, zum Beispiel beim Spiel». Ds «Schwyzerdütsche Wörterbuech» het o das Wort nid, aber derfür die «verschönereti» Form dervo: versackuhre, wo ds glyche bedütet. Das het o my Vatter öppe gseit. D Forme und d Bedütig, wo der Stalder aagit, zeige dütlech: Da geit es um ds Gäld im Portemonnaie, äbe im Seckel, wo men enand drum bschysst! We no hütt der Kassier vo de Zünft z Bärn Seckelmeischter heisst, dänkt schliesslech o niemer öppis Wüeschts derby. Gar nüüt z tüe het ds Wort verseckle mit em änglische forsake, «im Stich la». Es isch ja lengschtens bi üüs etabliert gsi vor de hüttige änglische Sprachimporte.

Glünggi – z Bärn es harmloses Wort mit emne ender aarüchige Ursprung, seckle und verseckle umgchehrt ganz unschuldig a irem hüttige üble Grüchli – wi starch mischlet ds Gfüel mit i der Sprach, wo mir doch als gröschti Errungeschaft vo üsem Verstand aaluege! Gfüel und Verstand – eis zu eis unentschide?

helke – was het das mit Oschtere z tüe?

Mir passiert öppis Gspässigs. Ganz ohni z welle, graten ig i ds Fahrwasser vo nere berüemte italiänische Schriftstellerin – nid zämezellt natürlech! Im Jahr 1963 het d Natalia Ginzburg im Einaudi-Verlag ds «Lessico familiare» veröffetlecht, iri Läbesgschicht bis si vierzgi isch gsi. Es sy o Erinnerige a ne schlimmi politischi Zyt (iren erschte Maa isch a de Folterige vo de Nazi im Gfängnis gstorbe), aber si hänkt alls a luschtige und ärnschte Sprüch und Sprachspezialitäte vo irer Familie uuf und macht's so uf ne ganz bsunderi Art wider läbig.

Henu: Won i myni «Stübli»-Plän für di nächschte Monete mit allergattig Sprachwünsch us em «Stübli» ha probiere z verflächte, da sy mer zu allne oberdütsche Wörter o geng grad Gschichte us myr erschte Läbeshälfti ygfalle – me wird mit em Alter eso, i cha nüüt derfür! Und die überchömet dihr halt jitz serviert. Schliesslech bin i nume vier Jahr jünger als d Natalia Ginzburg – und läbe no, im Unterschid zu ire. O i ha nes Familielexikon. Und vilecht toucht bi öich, i jedem anders, ab allem Läse o öies eigete uuf und git ech z gspüre, wi mir, dass d Sprach vil meh mit üsem ganze Mönsch verflochten isch, als mer das für gwöhnlech wei wahrha.

Mit sächsi bin ig i d «Muschterschuel» vom evangelische Seminar Muristalde yträtte, wo grad vis-à-vis vom Liebeggwäg isch, won i ufgwachse bi. I bi für ds Läbe gärn i d Schuel. We's einisch e Frei-Tag het ggä, han i ggrännet, und my Fründin Mädeli het e Froidegump gmacht. I ha denn o my erscht Fründ erkürt, es härzigs Buebli us myr Klass. I ha ne albe heibegleitet und ihm sogar einisch es Müntschi ggä. Ig ihm – und är isch grässlech verläge gsi derby.

Won i's myr Mueter erzellt ha, het si mer du grad chönne bybringe, me mües lehre, syni Gfüel under Kontrolle z ha und zersch usezfinde, öb me dem andere o so gfalli wie är oder si eim…

Gly druuf han i du o ds Umgchehrte erläbt: Nid nume d Liebi, nei o d Töubi verlangt «Self-control»! I ha mi ds erschte Mal als Lugnere und als böses Chind chönne erläbe. Ei Bueb is der Klass isch us der Matte cho – das hätti mir ja no chönne sympatisch sy, wil mys Mattegrosmueti dert gwohnt het gha. Aber är isch gross und dick und schwärfällig gsi, und das het üüs anderi greizt, ne geng z gusle und z helke. Nid i der Schuel, dert hei d Lehrer und d Seminarischte i der Pouse e strängi Kontrolle gmacht. Aber uf der Strass bim Heiga. Und i bi allemnaa ds Frächschte gsi derby. Er isch du emel einisch i syr ganze Grössi und Dicki umgchehrt und uf mi losgrennt – i bi furtggumpet und am Strasserand (der Muristalde isch denn no Naturstrass gsi und het de Ränder naa tiefi Abzugsgrebe gha und grossi Randsteine wie schregi Süüle) prompt über so ne Stei troolet und ha mer ds Chini wüescht vertütscht. Bluetüberströmt bin i heicho und ha bhouptet, der Hansi heig mi verfolget und i dä Randstei ynegmüpft. Der Dokter Lütschg het müesse cho hefte, und der Vatter, als Jurischt, het gfunde, är müess där Sach i der Schuel nachegaa. Und da isch halt du gleitig uscho, dass ig der Hansi ghelkt ha und är mer zwar nachegsprungen isch, aber mi bi wytem nid gmüpft het – i bi vo sälber über dä Stei troolet!

Das het du öppis abgsetzt daheim. Es Chind, wo lügt, das isch für myni Eltere ds Schlimmschte gsi, wo's git. Und i ha zum erschte Mal i mym Läbe realisiert, dass me cha lüge – und de no ersch, ohni dass me's merkt. Der Hansi und i hei vo denn aa e wyte Boge umenand gmacht. Und i ha mer du geng Müe ggä, niemer meh z helke, nid emal wenn i öpper ha müesse kritisiere, und am allerwenigschte als Lehrerin e Schüeler oder e Schüelerin, die möge's am wenigschte verlyde.

Helke – es glungnigs Wort, eis, wo nume im weschtleche Schwyzerdütsch vorchunt, aber scho i der Reformationszyt. Im Fasnachtsspil «Gedeon» vo mym (vermuetleche) Vorfahr Hans von Rüte (1540) heisst's: «Wie Wasser von der Höchi fallt und schlat den, so sich drunder halt, also wird myn Seel ghelkt und gschlagen» (Zitat us em «Schwyzerdütsche Wörterbuech» im Artikel helche). Dür di wytere Jahrhundert düre bedütet's geng «verwunde» oder «bysse wie ne Wunde», «reize, gusle». Der Thuner Pfarrer Zyro, wo im letschte Jahrhundert i füfzäche Bändli der Bärner Wortschatz notiert het, schrybt vo syr Arbeit, si heig ne ghelkt. Hüt, glouben i, bruucht me das Wort nume no im Sinn vo gusle, reize – aber me bruucht's no! D Etymologe Grimm und Kluge bringe ds Wort zäme mit em dütsche Verb (be)helligen; im Mittelhochdütsche bedütet helligen «durch Verfolgung ermüden», und ds Eigeschaftswort hellig, «müde», wysi de o grad zrügg uf ds germanische Grundwort *hel,* wo i vilne nördleche Sprache vorchöm und «schwach, trocken, mager» bedutet heig.

I ha Müe mit där Etymologie, nid nume wäge der Geographie: Üses helke wär der einzig südlech Ableger vo däm Grundwort. O süsch: Helke bedütet ja «reize, verwunde», und das macht nid müed, sondern es regt eim im Gägeteil uuf und macht eim hässig. Und das wird dür e hert Konsonant -k- (bim Stalder o -gg-) no betont, wo niene i der helligen-Familie vorchunt. Es git im Griechische es Wort *helkos* für d «Wunde», im Latinische heisst das *ulcus*. Im Glychnis vom arme Lazarus (Lukas 16) heisst's vo däm arme Maa, er ligi vor der Tür vom Ryche, *heilkomenos*, «voll Usschlag und Gschwür». O i der keltische Sprach het me das Wort gchennt. Ds Wörterbuech vom Pokorny notiert ds altirische Wort *olc* «schecht». Vilecht ghört der Bärgname Oltschiburg (ob em Brienzersee) i die Wortsippe. O d Axalp näbedran syg ja e keltische Name. I ha mi nie gärn uf di waggelige Escht vo der Etymologie usegla. Aber vilecht het der alt Dekan Stalder doch rächt, wen er ds Wort helke bis i d Zyt vo de Kelte lat la zrügg ga – emel zum Asterix tät das Wort ja ganz guet passe!

Glunge isch es scho, dass so Wortstämm chönne d Jahrtuuset und Völkerwanderige vo allne Sorte überduure und derby alli Höchine und Tiefine i der Bedütig und im Wort-Ton bhalte. Wie heisst's im Gedicht «Di uralti Chlag» vom Kurt Marti:

Süferli süferli tuet is dr tod aafa helke
Warum mues ou d liebi grad d liebi wider verwelke?

Es Charfrytigsgedicht – es ächts! A Oschtere tönt ihm de der Värs us em Hohelied (8, 6) etgäge: *Starch wi der Tod isch d Liebi.* We men alt wird, weis me: Beides gilt. Es chunt eifach drufaa, weli Liebi starch gnue isch, für em Tod i d Ouge zluege.

Di böse, di tannige und di abgsaagete Hose

Mit de Hose isch es glunge: Je meh Lüt se aalege, Manne, Froue, Chind, descht weniger Näme hei si: Abgseh vo de Frömdwörter Jeans für d Uniform vo üser Jahrhunderthälfti und Slip für die schnusige Underhösi heisse si eifach Hose, bi üüs und im Dütschen usse. Si hei i der Schwyz nid emal di Mehrzahländig übercho, wo süsch grassiert. Oder heit dihr scho ghört, dass me Hosene seit? Wie Stubene, Tannene und Themene? Im Gägeteil: Südlech von Bärn redt me no rächt vil vo Hosi i där schöne alte Mehrzahlform, wo süsch meh und meh verlore geit. Aber wiso isch de das Wort überhoupt i der Mehrzahl? Es isch ja es Chleid us eim Stück, o we's zwöi Hosebei het, und uf hochdütsch seit me doch korräkt «die Hose», Einzahl! Jitz mues i allwä doch echly uswääje und nech en abgchürzti Kulturgschicht wo däne Hose särviere. Also:

D Grieche und d Römer hei d Hose verachtet. Si sy für si der Inbegriff vo der Barbaren-Aalegi gsi. D Gallier, d Germane, d Parther, o d Amazone hei Hose treit, aber doch nid si, d Kulturvölker! D Römer hei ds Hosetrage z Rom gradewägs verbotte, und zwar bis i ds vierte Jahrhundert nach Chrischtus! Vilecht chunt ech jitz der «Romulus der Grosse» vom Friedrich Dürrenmatt i Sinn (mir dörfe scho gschwind chly a ne dänke, a dä Bärner, wo der gröscht dütschsprachig Schriftsteller vo üser Jahrhunderthälfti isch): Dert macht e Hosefabrikant mit Name Caesar Rupf (wäm chämti nid grad der Hosme-Rupf z Bärn i Sinn) em letschte Cheiser vo Rom sy Ufwartig und pryst syni Hose, o wenn er sälber keni darf trage. Der Cheiser erkundiget sech, wie de die am Körper feschtheige, und der Herr Rupf erklärt ihm d Funktion vo de Hosetreger. Druuf schüttlet der Cheiser der Chopf und seit: «Wo der Hosenträger anfängt, hört die Kultur auf!» Aafangs füfzger Jahr, wo der «Romulus» vom Dürrenmatt isch gspilt worde, sy d Hosetreger, wo me der ganz Chrieg düre vorab o im Militär geng het müesse trage, ganz us der Mode cho. Drum het di Boutade vom Cheiser geng Lachstürm entfesslet im Theater. Hütt, i der Gsamtusgab, het der Dichter ds Wort *Hosenträger* dür *Hosen* ersetzt.

Es git aber no en anderi Gschicht um di antike Hose, en ärnschteri. Wo der Cheiser Konstantin am Aafang vom 4. Jahrhundert d Geburts-Chilche z Bethlehem het la boue, isch si mit Mosaike usgstaffiert worde. Und uf eim, obe anere Wand, es existiert gloub nümme, sy di drei Weise us em Morgeland derhärcho, dervo mindschtes eine mit Hose – wil si ja äbe us «barbarischem» Gebiet sy cho. Sicher glychet ihm das schöne Mosaik z Ravenna us em 6. Jahrhundert. Dert hei alli drei Weise Hose ann und derzue phrygischi Zipfelmütze. Im 7. Jahrhundert hei d Perser uf emne Fäldzug nach Ägypte Palästina eroberet und dert alls churz und chly gschlage. Aber wo si dä Maa i de Hose uf em Mosaik a der Wand i der Geburts-Chilche gseh hei, sy si stutzig worde. Dert steit ja eine vo ine! Dä het ja Hose ann! Und si hei d Geburts-Chilche intakt la sta. Mir sy däne Hose no hütt dankbar derfür. Der Name vo de Hose hei d Römer de Kelte (Gallier) abglost. Die hei ne braca gseit. Dadruus het's nid nume ds änglische breeches und ds französische braie ggä, o d braguette, der Hoseschlitz, wo me so gärn vergisst zueztue, ghört derzue und sogar ds französische Wort für d Outokupplig (embrayage), wil la braie o nes Metall- oder Holzrohr het chönne bedüte, wo me im 18. Jahrhundert bbruucht het, für d Flügel vo der Windmüli z brämse (fraget mi nid wie, i bi ne technische Idiot).

Vor Jahrhunderte hei o mir im Dütsche no nes Wort für d Hose gha, wo mit em indogermanische Wortstamm vo braca verwandt mues sy: die Bruuch. Es isch scho im 16. Jahrhundert im Dütsche us der Mode cho, aber bi üüs het's überläbt bis i ds letschte Jahrhundert yne. Der äntlibuechisch Pfarrer Stalder bringt's i sym Wörterbuech vo 1812: Der Bruech bedütet dert ds Badtüechli, wo me im Bedli um d Hüft chnüpft, für ds «Strübschte» z verstecke. I der Oschtschwyz git's no hütt ds Wort Brüechli für ds Göller oder ds Halsmänteli a der Frouetracht, wo me d Chetteli drann aahänkt, und vilecht bsinnt sech di einti oder anderi Hobbyspinnerin a ds Brüechli, es Röhrli, wo me ds Garn druff ufgspuelet het.

Und grad a däne Röhrli chöit dihr jitz o merke, dass allwä d Hose früecher echly anders sy gschnitte gsi als hütt. Es sy zwe unabhängigi Bitze Tuech gsi, wo me jedes im undere Teil zu mene Rohr het zämegnääit, so dass en Art Geetere entstande sy. Der ober Teil isch graad und offe bblibe, me het zoberscht quer e Bändel derdüür zoge und de di beide Teile hinde und voor i der Taille zämebbunde. Drum isch der Name für d Hose fasch überall i der Mehrzahl; ds dütsche «die Hose» isch nämlech rein literarisch bblibe. Ds Wort sälber chunt us nere indogermanische Wortfamilie *keu-*, wo verstecke bedütet (griechisch skeuo). Was me versteckt, isch nid schwär z errate.

Wie aber chunt me im Liedli zu de tannige Hose? I ha zersch gmeint, es gang amänd um di hölzige Hose: So het me früecher em Block gseit, wo me de Gfangene d Füess dry ybschlosse het. Z Oberhofe im Schloss cha me no so nes grässlechs Möbel gseh. Aber es isch allwä harmloser: Am Bärzelistag het me früecher di böse Geischter ustribe mit allerhand Verchleidige und Umzüg. Teil Bursche hei sech mit Tannchris vollghänkt. Im Aargöu het me ne di Tannige gseit. Und we so eine probiert z tanze, de «chan er tanze wien er will, es git e kener Rümpf!» – Di «böse Hose» stamme allwäg vom Schwinge här. Mi seit o: I wett nid i syne Hose sy. – Und di abgsaagete Hose – er isch i abgsaagete Hose, seit me vo eim, wo ne totale Misserfolg erläbt –, die erklärt me sech us der Mode vom 18. Jahrhundert mit de Chnöihose, wo unde mit nere Schnalle oder emne Lätsch zueggange sy. Mit der Revolution sy si us der Mode cho, aber bi alte Lüt und uf em Land hei si no lang überläbt, und wär se treit het, isch geng meh als altmödisch usglachet worde.

Zum Schluss wünschen ig allne üsne «Stübli»-Fründinne und -Fründe e schöne Räschte vom alte und es guets nöis Jahr. I danke nech für öji Liebi zu üser Mueterspräch, und i hoffe vo Härze, dass dihr nächschts Jahr nie i bösi Hose chömet, dass ech ds Härz nie i d Hose gheit und dass dihr na jedem Hoselupf – wo's o öppe bruucht – geng wider guete Fride findet.

hushaschte

Won i vor gnau füfzg Jahr ghürate ha, het mir e Fründin gseit: «Überleg der's guet: E Bruef definitiv ufgä, won e Teil vo eim sälber isch, und für ds ganze Läbe nume no hushaschte, abwäsche, putze und em Maa geng ganz pünktlech ds Ässe uf e Tisch stelle – lohnt sech das?» Ja, i gibe's zue – es het mer denn gchoschtet. I ha ja no ke Ahnig gha, dass mir am Aafang vo der gröschte Hushaltigsrevolution stande, wo alls wird uf e Chopf stelle, was mir als bravi Töchtere glehrt hei: ds Parkett all Wuche spänle, d Teppeche all Wuche chlopfe, «nume fuli Froue hei e Stoubsuger, und alli Wöschmaschine verrybe d Wösch…» Es isch denn würklech es Hushaschte gsi, nid nume es Hushalte!

Hushaschte – i ha zwar vorhär das Wort chuum je ghört und gmeint, es syg eifach es Spottwort über ds Jufle vo de Husfroue. Ganz abgseh dervo, dass ds Wort *haschte* nid es bärndütsches Wort isch, mi seit doch *jufle* oder *pressiere*. I ha du im «Schwyzerdütsche Wörterbuech» nachegluegt und dert das Wort tatsächlech gfunde und no ersch mit emne Verwys uf e Gotthälf. Und ha o bi ihm gsuecht und bi uf ds Gespräch zwüsch em Pfarer und em Ueli em Chnächt vor syr Hochzyt gstosse, wo der Pfarer seit: «Ihr bekommt eine gute Frau. Ich rede nicht vom Arbeiten und Haushasten, da wird Vreneli gerühmt. Arbeiten und Haushasten ist gut, aber doch nur eine Nebensache. Vreneli… hat ein gutes Herz!» Da isch würklech ds Wort hushaschte nid eifach es verdrääits hushalte, sondern es ärnschtgmeints Wort, scho vor hundertfüfzg Jahr. Wi cha me das erkläre?

Ds Wörterbuech erwähnt bim Artikel *hushaschte* e früechere churze Artikel *husaschte* und seit, ds zwöite syg e Verstümmelig vom erschte. I dänke aber, es syg grad umkehrt: We me em Wort *husaschte* ohni h- nachegeit, de merkt me, dass es sicher elter als *hushaschte* isch. Es ghört zu mene Stammwort *asten, aschte,* wo scho im Mittelhochdütsche nid nume Böum bschnyde und Escht absage bedütet het, sondern o «öppis sorgfältig ufboue, uf nes feschts Zil hi arbeite». Im Grimm-Wörterbuech findet me e Satz: «Güter, die er nit selber astet oder buwet», und bim Sanggaller Vadian im 16. Jahrhundert d Mahnig, me söll nid «nach ämpter und titlen asten». *Husaschte* het also bedütet: sorgfältig e Hushaltig füere. *Hushaschte* isch de allwä im 19. Jahrhundert, wo me ds Verb aschte chuum meh i där Bedütig bbruucht het, druus umddütet und umgformet worde. Derby fallt's mer allerdings o uuf, dass ds Hushalte ersch im 19. Jahrhundert überhoupt zu mene kritische Gsprächstoff isch worde, i der Literatur und o bi myne Vorfahre. Di erschti Frou vom Christian Heyne, my vierfachi Urgrosmueter, het vo 1730 bis 1775 gläbt. Si isch Musikerin gsi und het jahrelang mit Musikunterricht mitverdienet, bis är ändlech z Göttinge sy gueti Profässorestell het gha. Hushältere syg si e miserabli gsi, het iri Tochter Therese einisch gschribe. Die isch allerdings ersch elfi gsi, wo d Mueter gstorben isch. Vo wo het si di Kritik ächt gha? Der Vatter und iri Bekannte hei di Mueter nämlech sehr verehrt und nie e negativi Bemerkig gmacht! D Therese het du mit zwänzgi der Wältumsägler Georg Forster ghürate, zwöi Töchterli übercho, sech vo ihm la scheide, won er i der Französische Revolution nach Paris ggangen isch, und du der Journalischt Ferdinand Huber ghürate und no einisch zwöi Chinder gha. Iri Familie het si meischtens sälber düregschleipft, vo eir

Züglete zur andere, mit Romanschrybe und Zitige-Usegä. Di Therese isch en ächti Romantikerin gsi, wi si denn sy berüemt worde: sälbschtbewusst, rääss im Urteil (bsunders o gäge Froue!) und läbestüechtig. 1829 isch si gstorbe. Iri Tochter Claire Forster, wo scho mit füfzäni der chüniglech-bayrisch Forschtmeischter Gottlieb vo Greyerz ghürate het, wird jitz, grad umgchehrt, en ächti Nüünzäht-Jahrhundert-Frou: e liebi fridlechi Mueter vo acht Chinder, e tüechtigi Husfrou imene gaschtfreie Huus – iri grossi chünschtlerischi Begabig betrybt si strikt nume als Hobby. Si isch nämlech eini vo de beschte Schärischnitt-Chünschtlere gsi, wo me gchennt. Mit füfzgi isch si z Bayreuth gstorbe, und ire Maa isch mit de Chinder zrügg i d Schwyz. Ire Jüngscht isch speter my Urgrossvatter worde.

I der Familie bewahrt men iri Schärischnitte wi Heiligtümer uuf, Album für Album. D Reise vom Alexander Humboldt, em Fründ vo irem Vatter, di griechische Sage, Bibelszene und Familiebilder, alls het si silhouettiert. Eis Bildli hanget i üser Stube. Da steit ires eltischte Töchterli Molly, öppe vierzäni, i der Chuchi und chochet, under der Kontrolle vo der Chöchi – beidi mit emne Lächle uf em Gsicht, also fröhlech und i allem Fride. D Molly isch speter Erziehere worde bi Grafe und Furschte, und zwüschinne o geng wider da heime z Bärn ygsprunge. Mit der Familie vom Fürscht Schwarzberg-Sonderhausen isch si 1838 i ds Bärner Oberland cho, zu irem Unggle z Inderlache und irem Schwager z Grindelwald. Di Familie het sech z Grindelwald es Feriehuus bbouet, di jüngschti Tochter het e

Schwyzer Major ghürate, und schliesslech hei si sech z Stäffisburg im Gloggetal nidergla. So chly isch d Wält.

Und so wichtig isch im 19. Jahrhundert d Hushaltig! I der Mitti vom Jahrhundert, so schrybt d Sophie von Effinger empört, beschäftiget iri Schwigerfamilie von Erlach z Riggisbärg no meh als zwänzg Pärsone i der Hushaltig. Dreie täte's! Si dänkt nid draa, dass das fasch di einzigi Verdienschtmüglechkeit für die arme Lüt dert isch gsi.

Aber scho gly druuf wird ds Dienschtboteproblem zäntume akut. Das ghört me us vilne alte Briefe, notabene o bim Gotthälf. D Fabrikarbeit isch geng attraktiver worde, grad o uf em Land. Trotzdäm: Bis i d Mitti vo üsem Jahrhundert hei d Husfroue probiert, Dienschtmeitschi zu ha. Vor em Zwöite Wältchrieg het d Rosa Neueschwander sogar no ds Husdienschtlehrjahr reguliert, e gueti Sach (grad we me chlyni Chind het), wo näb de Au-pair-Hilfe bis hütt duuret.

Eis isch sicher: I sälber ha's i myne füfzg Jahr Eh i ne wunderbari Zyt ynepreicht! Nid nume han i geng echly der eiget Bruef chönne usüebe, wil me d Froue plötzlech nötig gha het, i ha o bald mit em sälber verdienete Gäld Stoubsuger, Wöschmaschine und «Sibir» chönne aaschaffe und derby erfahre, was einisch e Spötter het gseit: D Hushaltigsmaschine heige üüs Froue meh Befreiig bbracht als alli Politiker vo üsem Jahrhundert zämethaft; wohlverstande, ersch Befreiig, no nid Rächt! Und schlussändlech: Hütt stellt my Maa jede Morge der Gaffee uf e Tisch, bessere, als mir je glungen isch i de früechere Jahr (o tüürere)! Es geit also nüüt über füfzg Jahr ghürate sy – emel bi mir.

Ysebahn und Schmätterling

I myr Chinderzyt isch ds Gspänscht vo der Tuberkulose geng no umggange. Das het aber eis Guets gha: Me het gsorget derfür, dass d Chinder, vor allem die ermere, i de Ferie we müglech uf ds Land oder i d Bärge hei chönne. Zäntume sy Feriekolonie etstande. Und vil gwüssehafti Ehefroue hei chaltblüetig ire Maa i der Summerhitz i der Stadt la schaffe (Ferie hei denn no als Luxus ggulte) und sy wuchelang mit irne Chinder i d Bärge verreiset, meischtens i urprimitivi Hüsi oder Wonige.

Der Vatter vo myr Mueter isch synerzyt mit achtedryssgi a Tuberkulose gstorbe. D Angscht het wyter dduuret. Und so sy o mir wäret Jahre zwee, drei Monet uf e Beatebärg züglet, samt Grosmueti und Dienschtmeitschi. Der Vatter isch derwäret chehrium i der Bärner Verwandtschaft zum Zmittag yglade worde. Di Reis uf e Bärg isch geng es Aabetüür gsi: Ysebahn, Drahtseilbähnli, Poschtouto oder -gutsche und zletscht no ne Viertelstund ufeloufe mit Gofere, Rucksack, Bébé, Pfanne und Bettzüüg. Und am erschten Aabe sy mer alli um ds Bettli vom chlyne Brueder gstande, für em Liebgott mit emne Lied z danke, dass mer heil u ganz oben aacho sy. Der Ueli isch denn vierehalbjärig gsi, es härzigs Buebli, wo zwar gärn mit üüs Schwöschterli bbääbelet het, aber er het derzue geng Redli bbruucht (nid vergäbe isch er speter Ingenieur worde): e Bääbiwage, es Rössli mit Reder, zur Not alti Fadespüeli, we's nume gröllelet isch – churz: Är het dörfe säge, was mer sölle singe, und het «ds Lied vom

Heiland i der Ysebahn» gwünscht. Gchennet dihr es settigs (fromms) Lied? Mir hei gsuecht und grätslet, hin und här, scho het der Ueli es Duureli gmacht – da isch es em Mueti z Sinn cho: «Jesu, geh voran auf der Lebensbahn, und wir wollen nicht verweilen, dir getreulich nachzueilen…» und der Ueli het gstrahlet. I ha sider geng Müe, das Lied «normal» z singe (im nöie Gsangbuech isch es ds Lied 690).

Aber eis isch mer denn scho ufggange: Wörter sy meh als e Sammlig vo Buechstabe, wo i üsem Verstand uf di rächti Taschte drücke und de die Sach usechunt, wo gmeint isch. Scho ire Ton weckt Bilder i üüs, und die tüe geng nöji und anderi Zeiche nach sech zie, so dass jede Verstand vil mues leischte, bis er bi där Bedütig aachunt, wo vo Aafang aa gmeint isch gsi. D Semiologie oder d Semiotik, d Wüsseschaft vom Umberto Eco, beschäftiget sech mit de Zeiche und Bilder, äbe mit däm, was sech e chlyne Bueb under Läbesbahn vorstellt. Warum aber mache mer is's mängisch so gränzelos schwär mit schiefe oder wüeschte Sprachbilder? Da han i jitz grad no e zwöiti Erinnerig a Beatebärg:

I bi nämlech eis oder zwöi Jahr im Summer o dert i d Schuel, meh als e Halbstund wyt, zu nere Lehrere, wo e Fründin vo myr Mueter isch gsi und ganz anders het Schuel ggä als der sträng Herr Aeschbacher daheim im Stutz, nämlech anthroposophisch. Mir hei vil dörfe zeichne und Värsli lehre. Mängisch het mys Schwöschterli o dörfe mitcho, o we's no nid sächsi isch gsi. Und einisch isch du ds Urseli näbe mir hei ggümperlet – es isch vil ds Graziösere und ds Härzigere gsi als ig – und het derzue ds Gedichtli vom Summervögeli, wo mer grad glehrt hei gha, für sich ufgseit: «Blumenduft und Sonnenschein ist die Nahrung mein», het's dert gheisse, aber äs het ufgseit: «Blumentupf und Sonnenschein ist die Ahnung mein», und bi Blumentupf het's jedesmal es chlys Gümpli gno. Und mi het's denn ddunkt, das Wort *Tupf* passi hie eigetlech vil besser häre als «Duft» – zum Schmätterling so guet wi zum Urseli. Grad wi d Ysebahn zum Ueli und zum Heiland uf em Beatebärg.

Warum aber, warum – so fragen i mi sider geng wider – seit me bi üüs eigetlech em Schmätterling Schmätterling – eso ne wüeschte Name, wo so herti Bilder projiziert, für ds graziösischte und härzigschte Tierli uf dere Wält? Dihr wüsset ja so guet win ig, dass der Schmätterling nüüt mit em Verb schmättere z tüe het. Das Wort chunt us em Tschechische via Sachseland zu üüs. *Smetana* het dert di abgnoni Milch für ds Ankemache bedütet und (vermuetlech) es sächsischs Wort Schmettenling isch der Name vom gspänschtische Milchdieb oder der Milchhäx gsi, wo i Form vo mene Summervögeli zouberet het, dass ds Ankemache abverheit isch, gnau so, wi me das in Ängland vom «butterfly» (der Ankeflöige) ddänkt het. Di «Stübli»-Läserinne, wo no win ig wäret em Chrieg sälber us jedem Bitzeli abgnoner Milch hei probiert Anke z mache, bsinne sech vilecht no, dass me het chönne a Häxerei gloube, we's trotz allem Rüere und Schwinge eifach nid het welle zum Anke cho! Aber hüttzutag? Wiso het usgrächnet im ganze dütsche Sprachruum das unglückleche Wort alli andere Näme vo däm härzige Tierli chönne wägputze? Me cha's fasch nid gloube, u doch isch es eso.

No bis i d Mitti vo üsem Jahrhundert isch im Bärnbiet ds mittelhochdütsche Wort Fifalter i der Form *Pfyfolter* oder *Pfyfalter* läbig gsi. I ha's o hie z Stäffisburg no öppe ghört. I der Stadt het me's chuum bbruucht, allwä wil's eim a ds Wort pfyffe gmahnt het, wo ja o nid zum Schmätterling passt. Mir hei daheime *Summervögeli* gseit. Aber äbe, o das isch nid sehr klar, schliesslech sy ja alli Zugvögel o Summervögel. My Grosmueter het öppe vo *Falterli* gredt. Und dermit wäre mer bi der indogermanische Sprachfamilie für das Tierli. Da het's en Ursilbe *pel-* ggä, wo bedütet het: mit de Flügle d Nessi abschüttle, und de: flattere und wägflüge. Mit zweene Flügel geit das besser als mit eim. Und drum het d Sprach di Silbe verdopplet i pipal- oder papil-. Das het im Latinische papilio ggä und im Französische papillon (aber o pavillon, wo «Schmätterling» und «Zält mit zweene Türflügel» bedütet het), wäret es i de germanische Sprache umgekehrt zu pipal- und dank der Lutverschiebig zu Fifalter cho isch. Wivil schöni Vorstellige wärde scho nume dür di Wortbildige i eim wach! Me chönnt se grad male, di Schwalbeschwänz, di Fuchsouge und Zitronefalter, di Schwärm vo blaue Falterli, wo eim im Wallis bim Wandere um d Bei ume flüge.

Aber äbe: Üsi Sprach, o ds Bärndütsch, het i üser Zyt, i der zwöite Helfti vo üsem Jahrhundert, ganz ohni üses Derzuetue, beschlosse, ei Name tüeg's für das Tierli, wo sowiso geng rarer wird: Schmätterling, baschta. Mir chönne's nume konstatiere und beduure – und is halt wyterfröie, wen eim so nes Tierli vor den Ouge düre tanzet – am Tierli, nid am Name.

jätte und verjätte

Jätte tuen i nid gärn. Wen i da so im Garte grupe und im Härd umegore, für der Wägerich, d Gresli, ds Söichrut und – o Schreck – sogar Boumtropfe use z grüble, de verjagt's mi mängisch fasch vor Ungeduld. Öppen einisch zitieren i mer das schöne Gedichtli vo üsem «Stübli»-Fründ Peter Wyss:

Zwischen runden Bsetzisteinen
wachst es Chiidelli,
blieijd es Stiidelli,
niid hoffärtigs, nid zum meinen.
Gjäd! Mi sellti's uusagriblen!
Druber trogle si,
druber stogle si,
und äs blieijd, tuet's nid veriblen.

Und de fan i aa hässele: Das isch es ja äbe. Alls Drüberstogle macht ihm nüüt! Es isch wi im Glychnis vom Uchrut im Weize. Ds Gjätt wird vo sälber gross u starch, we me den andere Pflänzli mues chüderle und däsele, für dass si numen echly wachse! Wi ungrächt isch doch ds Läbe!

Aber alli Ungeduld nützt nüüt. Im Gägeteil: We me schrysst a dene Stüdeli, de blybe d Würze im Härd und's chunt gly ume nöis Uchrut zum Härd uus. Süferli mues me lockere, mit em Stichel dernäbe ynestäche und de ds ganze Pflänzeli usedrääje und derby ersch no Sorg ha zu de Setzlige zringsetum, dass die nid dermit chöme (o wider wi im Glychnis vo Matthäus 13, 29). Jätte isch also e süferligi, geduldigi Arbeit. Hie und da mues ig o mit der Spitzhoue ga Brombeerischoos usschrysse, wo überall am Port us em Bode schiesse. Däm sägen i aber nid jätte, däm sägen i äbe usschrysse. Und scho mängisch han i mi gwunderet, warum d Franzose für alls das nume eis Wort gchenne, arracher les mauvaises herbes. Jätte isch doch äbe nid ds glyche wie usschrysse…

Da chöme myni Grosschinderli vom Schuechoufe hei. Jedes treit es Paar nöiji Schueli i der Hand, und doch horne si und hüüle, was ds Züüg het. Warum? Es het ne der Balong verjättet, wo si im Schuegschäft hei übercho. Und wi vil wichtiger isch doch so ne Balong als es Paar nöiji Schueli!

Ja – verjättet… I ha gwüss ab allem Tröschte und Naselümplisueche und Frigörlifuettere drüber aafa stuune, wiso dass verjätte eso ne ruuchi, gääji Bedütig heig, we doch ds Jätte öppis so Fyns isch. Me seit ja o bim Schyfahre öppe, es heig eim umgjättet, we me echly ruuch umtroolet isch. Und voletscht het en Inderlachner mer gseit, im Bödellitütsch-Buech vom Gustav Ritschard fähli ds Wort Jättete. E bravi Jättete, das bedüti im ganze inneren Oberland e Schleglete i der Wirtschaft oder vorusse, und das Wort bruuchi me no hütt ganz gäng u gäb.

Am Aabe, wo der Gjättchratte und ds Houeli versorget isch und d Groschinderli wider z Bärn i irne Bettli, luegen i du nache i myne Wörterbüecher und entdecke, dass würklech ds herte, ruuche Rode, ds Umschla und ds Houe allwä di ursprünglechi Bedütig vom Wort *jätte* isch. Niemer weis zwar gnau, vo wo das Wort här chunt. D Etymologe bringe's zäme mit em griechische *zäteo* (öppis yfrig sueche). Bim Südtiroler Dichter Oswald Wolkenstein im Spätmittelalter isch *ain Jetterin* es Meitschi wo Loub und Gras sammlet (oder suecht) für syni Hustier. Der Goethe und syni Zytgenosse hei übrigens *gäten* gseit, nid jäten.

Im «Schwyzerdütsche Wörterbuech» steit jätte geng für öppis Gwalttätigs, Heftigs: Di Bedütige gange vom Usschrysse und Ushacke vo Pflanze über ds Abschla und Misshandle vo Mönsch und Tier bis zum Aafahre und Schimpfe. «Alls zämejätte», das heissi im Aargou alls churz und chly schla; vom Simmetal wird zitiert, e Verlümder tüej alls «zerhächle und durhijätte»; eine «erjätte» heisst, eine düreprügle, und im Wallis cha's eine vor Erger «zerjätte». Unwillkürlech fan i a däm Abe aafa zrügg dänke a di «erschte Schwyzer», wo nid hei fyni Gresli gjättet, nei: Si hei müesse Böum rode und Gstüüd schwänte und Würze verhacke, für bruuchbars Acherland z übercho. Mys Grienwäglijätte chunt mer undereinisch ganz lieb und früntlech und gäbig vor, allem Bücke und Grupe z Trotz. I ha ja der Bode nume bruuche z chutzele, da isch nüüt gsi vo rode und schwänte!

Em «Schwyzerdütsche Wörterbuech» naa, wo i de geographische Aagabe allerdings nie vollständig isch, hei d Alpedialäkte und bsunders ds Bärner Oberland di ursprüngleche ruuche Bedütige vom Wort jätte am beschte bewahrt. Eh weder nid hei mir o der Schyfahrerusdruck umjätte und z Bode jätte us em Oberland zu üüs abe greicht. Aber jitz git's im Oberland o öppis ganz Schöns, Nöis, wo mer e Heiweh-Brienzer bbrichtet het. D Brienzer hei näb em ruuche jätte, wo bi ine schla und houe bedütet, für ds süferlige Jätte im Garte das Wort echly abgänderet und weicher gmacht, so dass es ganz nöi worden isch. Si säge für Uchrut usrupfe: *gjäde!* So unerschöpflech isch üsi Sprach, we's drum geit, sich sälber z ernöiere und d Wörter de verschidene Bedütigen aazpasse.

Uf all Fäll han i eismal meh erläbt, wi ds Oberland e wahri Fundgruebe für eigeti, chreftigi Wortbildige diräkt us der alte Sprach isch. Das isch eine vo de Gründ, i säge's grad offe, warum i geng so gärn a oberländischi politischi Veraastaltige ga. Jedesmal chumen i mit emne ganze Bygetli «nöji» Wörter und Redesarte hei; i nime geng äxtra Papier derfür mit!

Der Joon und der Jaan

Hütt morge, won i ds Wohnstubefänschter ufta ha, het's e ganze Joon Liladuft ynegwääit. Und das het mer wider einisch üse magere, aber tapfere Lilaboum am Liebeggwäg in Erinnerig grüeft, wo trotz em Grien am Bode und em Schatte vo de Hüser geng so herrlech violett bblüeit und äbe gschmöckt het (mir hei z Bärn geng Lila und nie Flider gseit synerzyt). Und du isch o no grad e Brief cho vo nere Fründin, wo schrybt: «Dein letztes ‹Stübli› hat mir einen ganzen Joon von Erinnerungen gebracht.» Isch ds Wort *Joon* ächt no allgemein bekannt bi üüs? Oder mues me es bsunders empfindlechs sprachlechs Schmöckschyt ha, für's no z erchenne und z bruuche?

Ds Schmöcke isch für mi vo jehär es äbeso chreftigs Sinne-Erläbnis gsi wie ds Luege und ds Lose. Aber, we me scho ds Luege und ds Lose einigermasse cha dirigiere, isch ds Schmöcke total offe und unfreiwillig. Und drum o mängisch rächt unagnäm. Derby, das mues jitz doch o einisch gseit sy, het's früecher vil meh gstunke als hütt, eifach so: d Chemi, d Luft, d Tier, d Lüt… Wen i a my Schuelwäg i de dryssger Jahr dänke, da isch mer ds Schmöckproblem mängisch diräkt a ds Läbige ggange. Bsunders vor em Zmittag, we me mit emne grosse Hunger isch heigschuenet: Der chürzischt Wäg wär dür d Altstadt ggange. Aber i de Loube het's us jedem Huus, we d Tür ufggangen isch, nach Chuchi, nach Chabis, aber o nach Aabee gschmöckt (wil dä ja im Stägehuus nume gäge ds Höfli üse het chönne glüftet wärde). O jede Lade het gschmöckt, aber kene guet. Ir Poschtgass het's na Rossmischt gstunke, ir Junkeregass het's gnüechtelet, ir Grächtigkeitsgass sy äbe d Läde gsi und d Restaurant mit Bierfläscheharasse voruss – d Fläsche laar, aber offe – und ar Schütti het der Ghüdergstank übermöge samt em ständige Stoub, wil dert nid isch pflaschteret gsi. Was Wunder, we mir lieber der Umwäg über d Chilchefäldbrügg hei gmacht!

Näbe mir isch im füfte Schueljahr es härzigs Lydia gsässe, es Buremeitschi us Flamatt mit länge, schöne Zöpf, wo all Tag am füfi am Morge uuf het müesse und ersch bim Ynachte wider hei cho isch. Es het chly Müe gha mit em Schuel-Stoff, und i hätt gärn mit ihm d Ufgabe gmacht nach de Stunde, aber es het so nach Chnoblouch gschmöckt, dass i albe, we d Schuel isch fertig gsi, grad ha müesse flüchte. Für sys Zmittagpicnic het's e Allerwältsbrotschnitte mit vil Schabziger zwüschinne i Zytigspapier ygwicklet zvorderscht im Pültli gha, und jedesmal, we's der Pultdechel glüpft het, isch e Joon Schabziger usecho z wääje, wo mi fasch glüpft het. I schmöcke's no hütt, und i gspüren o, win i mir ha müesse Müe gä, nüüt derglyche z tue und lieb zuen ihm z sy, wil es ja würklech o nes Liebs und Härzigs isch gsi...

Und jitz das merkwürdige Wort *Joon*. «Im Jargon der Bielersee-Rebbauern ist ein Joon eine Arbeitsgruppe in den Reben und auch die Arbeitsbreite dieser Gruppe», het mer voletscht en alt-ygsässne Twanner gschribe. Und geografisch am änere Ändi vom Kanton Bärn und o vom Bärndütsch git's z Grindelwald der Läng Jaan, e sänkrächte Landstreife am Mättebärg, däm Bärg zwüsche de beide Gletscher, stotzig, fasch sänkrächt, aber, emel früecher, für d Bärgheuer määibar.

Jaan, Joon – es isch es uralts Wort, wo nume no im südleche dütsche Sprachgebiet vorchunt. Im Grimmwörterbuech und im Dekan Stalder sym «Idiotikon» (1812) heisst's Jahn und het d Houptbedütig: «Streifen Land als vorgesteckter Raum für eine Feldarbeit». «Das geit i eim *Jaan*» bedütet: das geit i eim Arbeitsgang. En Arbeit mache heisst *jaane* oder *joone*. Im (walserische) Davoser Wörterbuech steit ds schöne Sprüchli: «E Jaan uus und e Juuz und e Ruob (Rue) druf»: We me di abgmachti Arbeit der Bärg uuf gleischtet het, lat men e Jutzer und darf löie. D Etymologe leite das Wort här vo der indogermanische Ursilbe *ja, je,* wo heig «gehen» bedütet. Im Sanskrit git's es Wort *yana* für «Gang». I die Wortfamilie ghört o ds Wort Jahr und o der Schlendrian.

Wie aber chunt me i der Bedütig vom «Landstreife» zur «Gruchwälle»? Sicher müesse mer e Zwüschebedütig aanä. Es bruucht ja es Schärli Arbeiter, für ne bestimmti Arbeit i eim Chehr düre-z-zie. Dänket a ds Wort *Aaschwall,* wo me nid nume für ds Wasser i mene Fluss bruucht, sondern o für nen unerwartete Masse-Aadrang vo Lüt bi mene Fescht, emne Theater oder nere «Manifestation». Oder a ds Wort *Schwaden,* wo im Hochdütsche es Maadli gmääits Gras bedütet und bi üüs e Gruchwälle. Ds Ganze zeigt o öppis vo de früechere Arbeitsbedingige uf üser Wält. We's neime e Müglechkeit z schaffe und Gäld z verdiene git, de mälde sech nid nume im Nöie Teschtamänt (Matthäus 20), sondern überall di Arbeitslose i grosse «Jään» – us em Inland und us em Ussland. Und jitz fat sech d Sprach aa wehre. Wen es Wort zu so verschidene Bedütige chunt, so fat si's a teile wi ne Chuechebitz: dert der Jaan, ds Land mit der Arbeit und den Arbeiter. Und hie der Aaschwall vom Gruch, d Gruchwälle. Dert blybt's bim *Jaan,* und hie setzt sech di nördlechi Ussprach *Joon* süferli im ganze Bärnbiet düre. I ha no «ganz Jään Lingeblüete» ghöre säge z Röthebach, aber im «Simmetaler Wörterbuech» isch nume no der *Joon,* «Luftzug, der einen Geruch mit sich bringt», verzeichnet (1991).

Und zum Schluss wünschen ig üüs allne es par herrlechi Schmöckerläbnis oder Jöön. Vilecht weckt ds einte oder andere o bi öich alti Erinnerige. Numen äbe: Die schmöcke mängisch nid so guet…

kabutt und kaburis

Der Hane im Badzimmer isch kabutt, das Föhnwätter macht eim ganz kabutt – kabutt isch im Bärndütsche ds Allerwältswort für öppis, wo unbruuchbar wird, wo verschlat, verdirbt, z Grund grichtet wird – oder, we's um ne Mönsch geit, vo öpperem, wo nümm wyter weis.

Mir hein is bi der Bibel-Übersetzig mängisch gfragt, öb und wenn mir das Wort dörfe bruuche. Da isch zum Byschpil dä schrecklech, aber ja sehr aktuell Satz i der Offebarig 11, 8: Du bringst die ins Verderben, die die Erde verderben. Du verdirbsch die, wo d Ärde *verderbe* (oder je nach Gäget: verdärbe)? – Nei. Me verdirbt e Zeichnig oder e schöni Bluse, we me Rotwy druff usschüttet. Ds Wort verderbe isch bi üüs zweni starch für dä Tägscht. Chönnt me säge: Du machsch die kabutt, wo d Ärde kabutt mache? Nei, das isch z unklar: Mönsche kabutt mache bedütet doch meischtens nume öppis Seelischs. Umgchehrt tönt's o lätz, we me übersetzt: Du vernichtisch d Mönsche, wo d Ärde vernichte. Vernichte: Das isch en einmaligi bewussti Tat. Mir wei ja d Ärde nid vernichte, mir mache se ja eigetlech gägen üse Wille kabutt. Schliesslech hei mer übersetzt: Jitz wärde die vernichtet, wo d Ärde kabutt mache. Dermit hei mer der Passivsatz vom Urtägscht grettet, aber ds Wortspil, wo für Gott und d Mönsche ds glyche Wort für «verderben» bruucht, müesse opfere.

Und derby syn is äbe o d Gränze vom Wort *kabutt* sichtbar worde. *Verstöre, z Grund richte, vernichte,* das sy stercheri Usdrück, da ghört geng der bös Wille derzue. Umgchehrt isch *la z Grund ga* oder *la verderbe* schwecher. *Kabutt* mache isch ds Wort i der Mitti, neutral: freiwillig – unfreiwillig. Nume wen e Chef syni Aagstellte kabutt macht oder ei Ehepartner der ander, hört de der Gspass uuf. Das isch plötzlech ds Schlimmschte vom Schlimme.

Me gspürt: Das Wort mues i nere gladene Stimmig etstande sy – drum isch es ja o i der Schriftsprach verpönt. Vo wo dass es eigetlech chunt, weis niemer genau. Es chunt us de romanische Sprache und es chunt us em Soldatemilieu. Uftouche tuet's im Dryssgjärige Chrieg beim Chartespil, und zwar in Frankrych. *Faire capot* het denn bedütet alli Pünkt gwinne und *être capot* alli verlüüre. Das Wort mues vom latinische caput (Haupt) härcho. I der Schiffahrt heisst *faire capot* oder *capoter* «kentere» oder «underga». Aber alli di Usdrück sy ersch vil speter beleit.

Anderi Forscher gloube, es ghör zu italiänisch *capotto,* wo bis hütt e Pelerine mit Kapuze bedütet. Wort und Sach sy i de Renaissance-Chriege ufcho und vo dert zu üüs gwanderet. Dihr bsinnet Ech doch no a Militärkaput, wo üsi Vätter albe mit Pyscht und Pärz chnöilige uf em Wohnstubebode hei zämegröllelet – d Mueter het d Stüel wäggstellt und de hälfe chnuuschte. Nachär hei si ne um e Tornischter gschnallet und sech wäret em ganze Dienscht lieber tropfnass la verrägne, als dass si ne einisch ufgrollet und aagleit hätte… Der Spilerusdruck erschynt um 1640 zerschtmal i mene französische Buech. Und 1643 heisst i mene dütsche Chriegsbricht *capot machen* scho «eine erschla». Vilecht het der alt dütsch Usdruck (vo de Gärtner?) o no dry gspilt: *Chappe, abchappe, chäppele* cha o im Schwyzerdütsch «abschla» oder «houe» bedüte. Uf all Fäll isch ds Wort *kaput* bi üüs sit meh als hundertfüfzg Jahr voll etabliert (scho der Gotthälf bruucht's). Und i üsem Jahrhundert het sech o d Schrybwys *kabutt* bi üüs düregsetzt.

My Vatter het vil öppe d Variante *kaburis* odr *kapores* bbruucht. Mir hei albe ddänkt, er heig das us syne Mätteler Jahr. *Kapores* isch eidütig es rotwälsches Wort und chunt us em Jiddische. Im Herbscht fyre d Jude ds Jom-Kippur-Fescht, der Versöhnigstag; ds Sühnopfer, wo si albe darbbracht hei, het *kapara* gheisse und *kapores mache* «opfere, umbringe». Am hertischte tönt das i nere elsässische Verspottig vom «Erlkönig» vom Goethe:

Wär rytet so spot par la nuit, par le vent?
's isch der Schampedis mit sym enfant…
(und we der Erlkönig chunt):
Der Pape griegt Gänshüt, er rytet drüf und drüf,
in syne bras der fils tüet der letscht schnüf.
Und wo si aakeme in Saint-Baldimores,
in syne bras der fils isch kapores.

Dass *kaburis* im Bärndütsche sicher under em Yfluss vo *kabutt* so isch umgformt worde us kapores, schynt mer klar. Fröhlech a däm ganze Wort-Zämeträffe isch, dass kaburis no fridlecher und weniger schlimm tönt als kabutt. Geng wider cha me beobachte, dass – üüs ganz unbewusst – d Sprach im allgemeine und d Dialäkte no meh di herte, böse Usdrück für herti, schlimmi Tatsache i ds Mildere, Fründlechere oder wenn müglech sogar i ds Humorischtische drääje.

En Alpe-Killer-Story

Wän wunderet's, dass ig im vergangene Ougschte änet der höche Brügg, wo im Wallis bi Stalde über d Vispe füert, ab em Name vom Hotel, wo dert steit, ebstoche bi und däm ha aafa nacheforsche? Gross isch dert aagschribe: Killerhof. Git's ächt i de Visper Täler e Mordgschicht, we ds Hotel scho so heisst? han i mi gfragt. Oder isch da eifach der Name vom Bsitzer verewiget? Üse Hotelier z Zermatt, en Ur-Walser, het mer erklärt: Nenei, e Killer syg i irer Sprach e stotzigi Chrine imene Bärgabhang, wo mängisch zwe Bäch zämechöme und nidsi stürze, e Trichter oder e Runse (e Ruus, tät me i üser Gäget säge). Im «Zermatter-Wörterbuech» vom Georg Julen steit das Wort o, aber sächlech: «Killer, s.: Schroff abfallendes Gelände, Synonym Chrache, Tobel» und derzue der Satz: «Schi sind mit em Wage embri in ds Killer gitrôlud.» O ds «Schwyzerdütsche Wörterbuech» bringt das Wort sächlech.

Jitz wird's mer klar. Dä felsig stotzig Spore zwüschem Zämefluss vo der Saaser und der Matter Vispe, wo ds Hotel druffe steit, het däm Name grüeft. Und 's chunt mer grad wider z Sinn, wi mir als Chind aafangs dryssger Jahr mit schwäre Ruckseck hinder nere Horde beladene Muultier vo der Bahnstation z Stalde abe i ds Tobel vo däm Zämefluss, dert über nes schmals Brüggli und äne stotzig wider ufe, e stoubige Wäg zersch, de speter dür ds grüene Tal, sächs Stund uf Saas Fee gwanderet sy – vo Strass isch denn no ke Red gsi, und di höche Brügge sy no nid gstande. Jitz dunkt's mi plötzlech, ds Walliser Wort Killer und ds änglische Verb to kill syge gar nid so wyt vonenand ewägg!

Und tatsächlech: Däre Wortfamilie nachezga isch e rächti sprachlechi Killerstory. Zersch wider en Erinnerig: I de sächzger Jahr hei mir einisch Bsuech übercho vo mene Kolleg vo mym Maa us Dütschland (si hei zämen es theologischs Lexikon useggä) und syr Familie mit emne härzige Bébé, wo's üsne Meitschi bsunders aata het. Wo's echly gfrömdet het, seit sy Mueter: «Schau, du musst's nur ein bisschen am Kinn killen, das mag's gern.» Üsi grosse Buebe hei es fou-rire verdrückt und sy umen Egge verschwunde. Für si het killen äbe scho denn «töde» bedütet und nid «chräbele» oder «chutzele» wi das lutmalerische dütsche Wort (me ghört o öppe: kille-kille-machen). Für mi isch es denn interessant gsi z konstatiere, dass mir i der Schwyz ds änglische Wort kill no vor de Dütsche aagno hei. Und tatsächlech: Ds Grimm-Wörterbuech, Usgab 1971, gchennt killen für «töde» nid, der Wahrig dergäge notiert's 1974! Zu üüs i d Schwyz isch es sicher mit der Änglischwälle vo Kino und Fernseh i de sächzger Jahr cho, und sider het is ds Rock-Änglisch und d Computersprach geng meh druuf ygstimmt.

To kill chunt scho im früechen Angelsächsische vor als *cwellan,* «töde», mit em Hauptwort *cwellere,* «Hänker». Es ghört i nen uralti indogermanischi Wortfamilie *Kwil* mit de schlimme Bedütige «Ändi, Absturz, Undergang, Fyschteri». O ds dütsche Wort Qual ghört da derzue und mittelhochdütsch *verqueln*, «verderbe». Eh weder nid passt o üses Walliser Wort *Killer* i die Familie: En Absturztrichter füert gärn i ds Verderbe … Ds «Schwyzerdütsche Wörterbuech» vermuetet allerdings en anderi Verwandtschaft, nämlech mit em alte Wort Chinn, wo nid öppe Chini, sondern Felsechlack bedütet (wi ds Felskinn z Saas Fee, wo ne Gabinebahn ufefüert). Chinn ghört aber zäme mit Chym und Gymme, ds -ll- vo Killer isch mer derby zwenig erklärt.

Ds Ganze het jitz aber o no ne fründlechi Syte – gottlob! Zu där abgründige Wortfamilie söll nämlech o üses bärndütsche Wort *chilte* – mit em Chilter und em Chiltgang! – ghöre. Jä, was het de das z tüe mit em Absturz, em Töde und der Qual? E Chilt, das isch doch ursprünglich e freii, fröhlechi Aabenunderhaltig, entweder e ganzi Stubete voll Lüt oder aber es liebs Bsüechli vomene Bursch am Gadefänschter vo sym Meitschi? Dänkt men öppe scho am Aafang vo däm Wort a di unerwünschte Folge, wo so nes Bsüechli chönnt ha? Nei: Für d Sprach isch eifach wichtig, dass ds Chilte denn gscheht, we d Sunne underggangen isch und 's dusse stockfyschter wird. Chiltgang und Nacht ghöre vo Aafang aa zäme. Im Bärndütsche isch ds Chilte geng öppis Schöns bblibe – dänket a d Lieder vom Kuhn und a d Gschichte vom Gotthälf –, Folge hin oder här.

Vil Wörter hei uf irer Wanderig dür d Gschicht e Rank zum Schlimme gno. Aber umgchehrt isch's o ggange, im Dialäkt no meh als i der Schriftsprach. O der Rank zum Fridleche, Schöne isch müglech! Dä Wortstamm, wo im Schriftdütsche bi «Kampf» gstrandet isch, het im Bärndütsche bi Chemp gändet, und der Wortstamm *kwil,* wo i de Hochsprache zu Qual und kill gfüert het, isch im Bärndütsche bi chilte gläntet. Drum het's mi dopplet gfröit, wo mir voletscht en ehemaligi Schüelerin ire Fründ vorgstellt het mit de Wort «my Chilter»!

Ds L vo Generatione

Voletscht, won i bi mit Grippe im Bett gläge, han i vo mym sächsjärige Grosstöchterli es Briefli übercho. Dert isch en Öpfel und e Tafele Schoggi gmalet gsi, und drunder het's gheisse: «Ds Gosmudi z Stäfisbug söu e kli me(h) Öpfu ässe weder Schogela.» Da han i's wider einisch gwüsst! Das Briefli bewahren i uuf, nid nume us Grossmueterstolz, nei: o us emne sprachleche Grund. Da het, so lang i mi bsinne, nie öpper vo der Familie g«äuelet», also ds *l* als *u* usgsproche –, und my Änkelin schrybt spontan «söu» und «Öpfu»!

Jitz stygt mer plötzlech en Erinnerung uuf. Mir sy als jungi Familie z Bärn gwohnt, i mene zsäges chinderlose Quartier. Und wo üsen Eltischte het aafa rede, het er plötzlech vo mene Hund gseit: «Er bäuet», statt er bället. Vo wo het er das *u* gha? I ha's üsem Fründ, em Sprachforscher, erzellt, und dä het mer gantwortet, das syg jitz äbe der Hiwys druuf, dass ds Bärner Muul so bbouet sygi, dass es äbe für en *l* es *u* sägi – und we mir Stadtbärner trotzdäm *l* säge, so mache mer's us emne meh oder weniger bewusste Willensakt use. Mir tüeje sozsäge üsem Muul Gwalt aa, für «bälle» z säge. Denn han i glachet und gseit, bewusst syg is allerdings das *l* scho. Vil Lüt machen is ja druf ufmerksam. Mir heigen o Sorg derzue. Aber Gwalt aatue, das heige mer is nie müesse. Es dunk mi ender, für «bäue» z säge, mües i mer Gwalt aatue und ds Muul unnatürlech verdrääje. Und i der Stadt Bärn sägi doch e Mehrheit *l* und nid *u*, han i denn küen bhouptet! Und ha mi a ne Schlacht bsunne, wo mer im füfte Schueljahr i der Nöie Mädcheschuel usgfochte hei, mir Stadtmeitschi und d Meitschi vom Land, wo i üser Klass sy gsi, e Schlacht, öb me Waud oder Wald sägi. Üsi Dütschlehrere, e jungi Sanggallere, het intressiert zueglost, wo mir disne iri «grobi» Sprach und si üüs ds Welle-fürnäm-Tue vorgworfe hei. Öppe halb und halb sy d Meinige teilt gsi, dennzmal, und sicher nid nume Stadt gäge Land: E ganzi Zylete Stadtmeitschi, vorab us de Nordquartier, hei o *gäuelet.* Nachär hei mer dörfen e bärndütsche Ufsatz schrybe, und d Lehrere het is ne la vorläse, für z zeige, dass beids guet cha töne, ds *u* und ds *l.*

Voletscht het jitz der «Stübli»-Schryber-Wächsel bi teilne vo usne «Stübli»-Fründe die u-Wälle (oder Wäue) wider ufgrüert. Glungenerwys ebhange vil Läser meh a der Schrybwys als a der Ussprach. Darf der Christian Schmid im «Stübli» «viu» und «aut» schrybe, oder het er Rücksicht z nä uf die Läser, wo lieber «vil» und «alt» täte läse? Gället, dihr merket, wi lätz di Frag isch? Wär «viu» und «aut» seit, söll's o so dörfe schrybe! Früecher het men o öppe – so der Simon Gfeller – es bsunders *l* gmacht, eis mit emne Punkt drunder oder emne Strich derdüür. D Sach isch dermit nid läserlecher worde. Umen anderi, so der Fritz Widmer, schrybe «vil» und säge «viu». Und nume no di allerwenigschte schrybe «vil» und säge's o so – äbe zum Byschpil ig! Oh, was mues i ghöre, dass ig es sprachlechs Relikt syg! Und dass ig eigetlech nid bärndütsch redi! Aber wi wohl tuet's mer de albe, wen ig i ds Burgerheim i der Ängi myni Bsüechli ga ga mache und dert scho im Gang unde di alte Lütli so nes herrlechs, schöns Bärndütsch mit l ghöre rede – äbe «mys» Bärndütsch!

Wei mer einisch echly luege, wi alt das *u* isch und vo wo nes eigetlech chunt? Dass in ganz Europa sit em Mittelalter der Hang da isch, us em *l* i gwüsse Wortpositione es *u* z mache, het allwä der hinderscht Bärner gmerkt, sider sech d Fernseh- und Radiosprächer mit em polnische Name Lech Walesa umeschlö. Dass ds französische «il faut» mit dütsch «es fehlt», ds holländische «gouden» mit dütsch «golden» und ds änglische «should» mit dütsch «sollte» verwandt isch, isch äbefalls allne klar. Überall da isch ds *l* zu mene *u* worde, am ringschte vor emnen andere Mitlut. Im Bärnbiet mues das relativ spät passiert sy. I de Fasnachtsspil vom sächzächete Jahrhundert lat der Hans von Rüte syni Bure la «finge» säge, aber kene bruucht ds *u* für ds *l*. O i de Vorläsige vom Profässer Blauner a der Bärner Hochschuel im achtzächete Jahrhundert chunt das *u* nie vor, derby wärde si doch vo mene Münsiger Studänt nachegschribe. Nid emal der Jeremias Gotthälf schrybt je es *u*, wen er syni Ämmitaler Bure lat la rede (ds -ng- chunt aber geng wider vor). Es einzigs Mal redt i nere Kaländergschicht es Buremeitschi vo Bäu (statt Bäll). Der erscht, wo das *u* i der weschtleche Dütschschwyz überhoupt erwähnt, isch der Dekan Stalder im Äntlibuech aafangs vom letschte Jahrhundert (der glych, wo ds erschte schwyzerische Idiotikon useggä het). I der Stadt Bärn het me dür ds ganze nüünzächete Jahrhundert düre ds *l* gseit, das gseht me öppe a de Jugeterinnerige vom Wilhelm König. Und i de «Sprachpille» schrybt der Otto vo Greyerz under em Titel «Ja auwää» ungfähr 1935, bis zur Jahrhundertwänd heig me i der Stadt Bärn geng *l* gseit, nie *u*. My Erinnerig a d Schueldiskussion stammet vo 1930. Zäh Jahr speter het der Profässer Heinrich Baumgartner sy berüemti Undersuechig über «Stadtmundart» useggä, won er ds ganze Problem gründlech tuet studiere. Er seit, d Stadtlüt rede allgemein, nid nume die vom Kanton Bärn, e Sprach, wo neecher a der Hochsprach (früecher wär das d Kanzleisprach gsi) syg als d Sprach uf em Land, und das ekläri de o das sorgfältige Bewahre vom *l*. Aber überall verlüüri's hütt a Bode, und d l-Sprächer wärdi geng rarer und rarer. Und der Grund derzue sygi nid öppe bi de Landlüt z sueche, wo i d Stedt chöme cho wohne, o we d Bewegig vo de soziale Schichte, sozsäge ds Umrüere vom Teigg, mänge Sprachwandel tüej erkläre. Hie syge's vorab die Junge, wo ds *u* säge, bim Zämesy, i der Schuel, uf der Strass. Vili rede zwöisprachig, daheime *l* und dusse *u* (das han i du bi myne Chinder z Stäffisburg o chönne beobachte). Aber zum Schluss syg ds Generationebewusstsy stercher, und si blybe bim *u*.

So schrybt der Baumgartner, und so isch es wyterggange, di nächschte anderthalb Generatione lang. Isch ächt ds l hütt z Bärn würklech am Usstärbe? E gägewärtige Sprachforscher erzellt, we me zmittag am zwölfi am Bäreplatz uf ds Tram warti und echly losi, wi d Lüt rede, so ghör me vo nüüne höchschtes no eine ds *l* usspräche.

Wär dä Sprachforscher isch? Der Dokter Werner Marti, Seminarlehrer z Biel. Vor gnau vierzäche Tag isch sy Bärndütsch-Grammatik usecho, es stattlechs Buech und es Jahrhundertereignis für Bärn – e Risenarbeit und e Risefröid für alli Bärndütschfründe.

Der Lampischt und ds Guéridon

«Was bedütet ds Wort Lampischt? Es mues nüüt Garigs sy», het mer vor nes paar Monete der Herr N. vo W. gschribe. Er het d Gschicht vo irem Dorftheater ufgarbeitet und isch bi mene hundertjärige Theater-Protokoll druf gstosse, dass der Theater-Kassier nümm het welle «der Lampischt mache». Unwillkürlech hei är und ig grad a ds Wort lampe, e Lampi oder Lappi ddänkt und gmeint, der Kassier wehri sech gäge Verdächtigunge. I myne dütsche Wörterbüecher, o im schwyzerdütsche, han i das Wort nid gfunde. Im «Petit Larousse» bin i du druuf gstosse: Lampiste: «Qui fait ou vend des lampes. – Personne qui dans un établissement est chargé du soin de l'éclairage. – Employé subalterne.» Aha. Der Lampischt isch also – vor der Elektrizität – der Verantwortlech gsi für d Theater-Belüüchtig. – E stränge Poschte zur Zyt vo Petrol- und Gaslampe, vo de Cherze nid z rede und vo der Füürgfahr o nid. Scho nume d Schouspiler so aazlüchte, dass me se nid nume vo unde gseht, so, dass o d Souffleuse ire Tägscht cha läse und dass niemer vom Gstank oder Rouch mues hueschte! – Und trotzdäm isch das allemnaa nid e höch gachtete Poschte gsi (ganz anders als hütt der Belüüchter im Laie-Theater, wo meischtens mit Name im Programm steit), süsch hätt's nid zu der dritte Bedütig «chlyne Aagstellte» oder o «chlyne Maa» chönne cho. Het vilecht drum der Kassier nid o no d Belüüchtig welle übernä? Oder het er eifach gnue dermit z tüe gha, Biljee z verchoufe und Gäld z zelle?

Uf all Fäll isch mer du plötzlech d Parallel-Entwicklig vomene andere französische Wort, wo mer o im Bärndütsche bruuche, i Sinn cho: le guéridon, ir alte Stadt Bärn ds Nääi-Tischli am Fänschter. Für mi isch mys Guéridon ds liebschte chlyne alte Möbeli, won i vo myr Mueter gerbt ha: Chirsboumig, rund, uf drü schlanke Bei mit emne Fuessbrätt, allwä us der späte Empire-Zyt, steit es am Fänschter, lat sech la ufklappe und rüeft diräkt nach Fadespüeli und Gufechüssi i de vordere Fächli und Margge und gheime Briefe i de hindere... My Mueter het's vo irer Gotte gerbt, dunkel, waggelig und fang echly verchratzet, und het's nachär la uffrüsche. I vergisse nie, wi's du plötzlech wi nöi i der Wohnstube gstande isch, roserot, zart laggiert und stärnförmig maseriert. Denn isch i mir mys Faible für alti schöni Möbel erwachet, wo mi bis hütt nid loslat.

Si vermittle mir es Gschichtserläbnis wi kes Buech und kes Bild.

I gseh zum Byschpil my Urgrosmueter a däm Arbeitstischli im chalte grosse Saane-Pfarrhuus. Ire Maa isch furt, und si mues mit irne chlyne Chind ganz aleini Wienacht fyre. Und jitz het si sy erscht Brief i der Hand, sy allererscht ächt Liebesbrief – si list ne, schluchzet echly und versorget ne nachär sorgfältig z hinderscht im Tischli. Är, zwölf Jahr elter als si, e gschyde, mängisch fasch echly verbissene Wüsseschaftler, wo en Alpeflora gschribe het und de Senne milchförderndi Pflanze rund um d Alphütte empfilt (wo der Kanton speter o het la aapflanze), är, wo grad di erschti Gsamtusgab vom Jeremias Gotthälf mitsamt emne Gotthälf-Wörterbüechli zämegstellt het, är, wo ire no nie mündlech und uf bärndütsch gseit het, er heig se gärn – är schrybt nere e Liebesbrief! Und zwar na nere schlimme Katastrophe. Si isch wuchelang z Bärn bi irer chranke Mueter gsi. Derwyle het är sech dummerwys mit em Dienschtmeitschi chly tröschtet (da het me nid müesse rede derzue). Und glychzytig het er mit em Gmeindssekretär Krach übercho, wil dä so schlächt Protokoll gschribe het – churz und guet, er isch Hals über Chopf dervo, het e Stellverträttig für ne chranke Kolleg imnen andere Oberland-Tal aagno und sy Gmeind der Frou und em ständige Verwäser überla – und jitz ändlech chan er schrybe, was er scho lang hätt sölle säge! Und sy Frou wüscht sech ab allem Rächne, was d Züglete i nen anderi Gmein wärd choschte (notabene vom Hushaltigsgäld), d Tränen ab und tuet ds Guéridon-Schublädli zue…

Zwänzg Jahr speter gsehn i se wider da sitze, dasmal lismet si und wüscht wider im gheime d Träne wäg. Iri eltischti Tochter wird jitz grad a mene Ghirn-Tumor operiert i der Insel. Der Profässer Kocher wagt so öppis zerschtmal i der Schwyz! Chunt's ächt guet? Iri Tochter het sech alli Instrumänt la zeige und ganz gnau la erkläre, wi ds Ganze söll ga. Es isch du o würklech guet usecho. D Cécile junior het nachär irer Läbtig ganz churzi Haar treit, wäg em Chopfweh, und o, dass men iri Narbe cha gseh. Si isch eini vo den erschte Bruefsschuelleiterinne vo der Schwyz worde. Und ds Guéridon isch als Frouetråne-Tröschter wyter dür d Generatione gwanderet – es warte no nes paar uf ihns. Wi chumen i jitz vom Lampischt uf ds Guéridon und wider zrügg?

O ds Guéridon isch nämlech früecher es Lampetischli gsi und het höchschtens no zum Abstelle vo Blueme imene Vase ddienet. Rund, meischtens eibeinig, het's i dunkle Egge d Lampe oder der Cherzehalter treit. 1614 chunt das Wort im Französische zerschtmal als Name vo mene Maa imene Luschtspil vor. Me vermuetet, es stammi vom Refrain vomene Liedli (o gué, o gué laridon…) D Schouspiler sy mängisch o grad no Lampehalter i irem Theater gsi. Meischtens hei sech zwar derfür Lüt vo der Ortschaft, wo isch ufgfüert worde, zur Verfüegig gstellt. Stundelang hei si de müesse da sta, iri Lampe trage und druf luege, dass si geng a ds rächten Ort hi züntet und dass si nid rouchnet oder stinkt… E strubi – und schlächtzalti Büez. Kes Wunder, dass me se im gwöhnleche Läbe, grad o bi Fescht, dür chlyni Lampetischli ersetzt het. Und dass, je besser d Liecht-Verhältnis i de Hushaltige worde sy, di Tischli du zu Nääitischli umfunktioniert worde sy – eini vo de vile chlyne Erliechterige im Husfroueläbe vo üsne Vorfahrinne.

Hütt verschwindet der Name – o ds Flicke als Husfroue-Arbeit. Nume ds Möbeli blybt als schöns Aadänke a früecheri herti Zyte.

märmele

Märmele isch es Früeligsspil. Eis vo dene Spil mit öppis Rundem, Beweglechem wi ds Reifle, ds Balle und ds Umetrybe vo mene Hurrlibueb, wo d Mönsche sech dermit sälber ds Rolle vo der Sunne und vo der Ärde der Summerwermi zue dütlech mache, eis, wo si glychsam probiere, dermit di warmi, rundi Sunne und d Ärde nach em länge, starre Winter wider i Griff z übercho.

Es Spil für Buebe und o für Meitschi, eis, wo me grüpplige spilt, ersch we me Chnöisocke het und d Strümpf oder d Hosechnöi nümm cha düreripse, eis, wo ne flache, naturgstrassnete Platz bruucht und es Gchüppeli Chind und drum fasch nume i grössere Ortschafte vorchunt – und eis, wo äbe drum o am Verschwinde isch, wil geng meh d Vorussetzige derzue fähle, der Naturbode, der verchehrsfrei Platz – und vilecht o d Chind…

Im Fellerguet z Bümpliz tüeje si zwar ume märmele, schrybt mer öpper, mit emne Sänklochdechel als Ris und der Vertiefig ir Mitti als Chuli. Trotzdäm sött ig allwä ender ir Vergangeheit schrybe, wen i jitz vo däm Spil wott rede, wi mer's e ganzi Zylete tröiji «Stübli»-Fründe vo Bärn, Biel, Burgdorf, Langetal und Olte aaggä hei.

Da wäre zersch emal d Märmle. E Märmel isch aber natürlech nid eifach e Märmel, das merkt me scho syne verschidene Näme aa, wo bald vom Material und bald vo syr Form här stamme. Märmle us Marmor («Marmelschtei») han i sälber nümm erläbt. Z Biel heig me dene Mäms gseit. Di billigschte Märmle sy us bbrönntem Ton gsi, d Lättgagle oder Lättpööggle. Die sy leider gleitig vertütscht. Es Vilfachs a Wärt hei di glesige gha, d Glesle oder Gledle – je na Farbmischig und Bild drin het men Oügli oder Flügeli oder eifach Gledle bsässe. Di ganz koschtbare sy d Gätle gsi us Achat (franz. agate). De het's di metallige ggä, wo me fairerwys nid hätt sölle mit de Lättgagle i eim Spil bruuche, wil si se grad verbroosmet hei. Me het se sälber ggosse oder us alte Chugellager füregrüblet, d Pooggeli z Bärn, d Blyner z Burdlef und d Broline z Langetal. E ganz e grosse Märmel het Poli gheisse. Der «Mopper» z Biel het 4–6 cm Durchmässer gha, isch also scho fasch zumene Bocciachügi avanciert.

Ds Spil heisst Märmele, aber im ganze Oberaargou seit me warmele und Warmeli. Und z Biel het me vo Chlügger und chlüggerle gredt (es Byschpil derfür, wi naach di alti Bieler Sprach bi dere vo Basel gsi isch). Dernäbe git's derfür natürlech o no buebesprachlechi Näme, z Bärn griedele und grädele mit Griedle und Grädle. Z Burdlef het me vo Spugi gredt, und ganz luschtig isch der Usdruck vom Herr K. vo Gümlige, wo vom «sanzne» statt märmele brichtet. Wär gchennt ächt dä Usdruck o no?

Märmele cha me uf verschideni Gattige. Ds «Profi»-Spil geit eso: Me chraauet es Ris (oder Carré) i Strassehärd und drääit mit em Absatz oder emne Stei eis oder vier oder füf Löcher oder Chuli dry. I jedes Chuli leit jede Spiler es Märmeli (di tüürschte spart me, so lang me cha!). Jitz probiert jede Spiler vo mene gwüsse Abstand uus, zersch mit Wärfe oder Röllele und nachär dür Spicke mit mene Märmel d Märmle us mene Chuli usezspicke. Wen er se preicht (tunzt) und us em Ris usespickt, chan er se ysacke. Me cha aber o ohni Chuli spile, eifach ähnlech wie Boccia i nes Ris oder gäge ne Wand. Das isch ender für Aafänger. Di gröschti Chunscht isch ds Spicke vo mene Märmel. Derzue bruucht's e vorgschribene Abstand. Me mues «Lym nä» (Burdlef) oder «d Spange mache», das heisst, vom eigete Märmel bis zum Chulirand bruucht's d Distanz vo den usgstreckte Finger.

Wichtig sy o d Zwüscherüef gsi. Mir hei albe «Poliänderigs!» grüeft, we mer für üüs es Vörteli hei welle ergattere, zum Byschpil nume ei bsunderi Sorte Märmel bruuche oder en anderi Wurfstellig ynä. Z Burdlef heig me «Bock nüüt putz!» grüeft, we eine wi nen yfrige Curler der Bode vor ihm het welle glatt putze. Und wär mit der Hand i ds Ris cho isch, het «Gibu greckt» oder eifach «greckt!» und isch usgschide. Eine, wo sys letschte Märmeli het verspilt gha und o keni meh het vermöge z choufe, isch usghüdelet oder hudi gsi, z Biel heig me gseit: «Er isch gchrüpplet.»

Zmeischt hei di Spil mit Krach gändet. Di raffinierte Spiler und d «Bschyshüng» het me gschoche – es isch ja um ne koschtbare Bsitz ggange. «Mir hei albe uf der Plattform eso ne Mordsspektakel gmacht, dass der Ludi Chüpfer, wo z sälbisch isch Kantonsboumeischter gsi und sys Bureau grad am Chilchhof gha het, fascht gar nid het chönne usrächne, was das neu Chemi im Pfarhuus z Radelfinge oder der Säustall bim Amtshuus z Langnau z repariere choste sölli», schrybt der Dr. Bäri vom Märmele z Bärn i de vierzger Jahre vom letschte Jahrhundert. Das nume so zum Troscht für alli eltere Lüt, wo hütt der Chinderlärme vor irne Fänschter eso schrecklech finde…!

Es git o ne wunderschöni Gschicht vom Ernst Balzli i syne Gschichte «Nach Jahr und Tag» vo mene eltere Schüeler, wo geng mit Chlynere märmelet. Der Lehrer meint, er well se bschysse, aber er wott ne im Gägeteil zumene erschte «Erfolgserläbnis» verhälfe!

Zum Schluss wett i allne «Stübli»-Fründe vo Härze danke, wo mir zu däm Märmeliartikel ds Material gschickt hei. Sicher steit lang nid alls drinne, was me über das Spil chönnti schrybe (es git o zwo Charte im «Sprachatlas» derzue). Aber vilecht het's nech wider einisch echly i ne Früeligsstimmig vo anno dazumal versetzt!

Meieblueme, Meienäme, Meiefroue

Heisst my Schuelfründin Meieli eso, wil iri Eltere a nes härzigs Bluemebouquet ddänkt hei, wo si na mene Name für ires Chindli gsuecht hei? Und d Meia, wo hütt vo Amerika umechunt und wo mir nere mit däm

«Stübli» e härzleche Willkommgruess schicke, treit si ire Bündner Name, wil Meia bi de Bündner Walser wi im Wallis «Blueme» bedütet?

Blueme sy geng beliebt gsi für Frouenäme. Bim Margritli dänkt sicher chuum öpper a d Perle, wo das Wort ursprünglech bedütet, derfür a di fröhlechi Blueme mit irem gääle Gsichtli im wysse Strahlechranz, wo geng der Sunne zuelachet und mit so weni Bode zfriden isch. My liebi Schwigermueter, wo vor paarne Wuche gstorben isch, het Rosa gheisse und het o irer Läbtig öppis vo nere Rose a sech gha: zart, schön und zerbrächlech, aber geng bolzgrediuuf. Froueblue-menäme – si schmeichle üüs Froue. Und doch wette mir ja nid eifach nume uf d Dekorationssyte vom Läbe ghöre. Won i als dryzähjärig i Gymer cho bi, het mer e Lehrer gseit, är heig gärn Meitschi i syr Klass. Si syge für ihn wi Blüemli am Gartezuun. Das hätt i sölle als Komplimänt aanä: d Meitschi Blüemli, d Buebe herti Scheieli. Und doch het's mi möge: I hätt welle als gschyde Mönsch ufgno sy und nid als Kapuzinerli... Aber zrügg zur Meia und zum Meieli.

Der Dokter Sommer het vor vierzäche Tage im «Unser Deutsch» beschribe, wi's bi üüs vom Monetsname Mei zum Bluememeie cho isch. Es geit über di grosse Strüüss us früsche Zweige, wo me für alli Feschtlechkeite im Meie früecher bbruucht het, a Pfingschte, als Komplimänt für d Meitschi vor em Huus ufgsteckt, bim Alpufzug, und de, im chlyne, als Meieli im Trachtegstältli vo der Brut so guet wi uf em Huet vom Brütigam. Früecher het's zum Sunndigspaziergang ghört, dass men e Allmändsmeie gchöhlet het

– hütt darf me das nümm. Mit emne wunderschöne Usdruck beschrybt der Tavel sys Lotti Doxat i der «Veteranezyt»: «Da sy zwöi Ouge schwarz wi chinesische Tusch… under länge sydige Häärli. Us mene fascht stränge und doch meiezarte Gsicht luege si.» Im Wallis und i de Walsertäler z Graubünde heisst Meia und verchlyneret Meji o di einzelni Blueme. D Walliser mache sech öppe sälber luschtig über iri botanische Kenntnis. Der Bärgfüerer antwortet eifach em Frömde, wo na mene Bluemename fragt: «Das ischt es rots Meji», de isch er scho zfride. Z Zermatt seit me de zuecheghüratete Froue «Schwymeji», also Söublueme (es tönt geng no nätter als ds bärndütsche «e Zuechegschlänggeti»!). Und der Hannes Taugwalder dichtet i de Värse «Verimbrüf und imbri» es truurigs Lied vo nere Frou, wo vo irem Maa nie meh es Blüemli überchunt: «A de Pfeischter blijunt wider glasig zart d Ysch-Meie nach irer Art. No nie het is Schatzji dervo je is Puschelti bercho.»

Und trotzdäm geit der Frouename Meieli nid uf ne Blueme zrügg, aber uf e Name Maria und dermit uf d Mueter vo Jesus. Es git vil Umformige vo däm Name, vo härzige bis zu grobe (Marunggle und Migge). Bi Meieli het aber sicher d Idee vo der Schönheit vo de Blueme mitghulfe der Name umforme. D Sprach isch ja voll vo settigne Zämespil, vo Wääge, wo inenand yneloufe, und anderne, wo sech chrüze. Da derfür git's o nes anders, minder schöns und ironischs Byspil us der glyche Meie-Familie, nämlech ds Verb «es meielet» oder «es meiet». Früecher hei mir das vil gseit, we's is ddunkt het, es schmöcki neime schlächt, aber mer hei nid grad dörfe säge, es stinki. Hütt ghört me's nümm, me het sech halt o nümm zrügg, sy Meinig grediuse z säge. Sicher chunt meie vo megge, also schmöcke wi ne Geissbock. Bi der Verschönerigsform meie het der ironisch Gedanke a Bluemeduft ynegspilt, und we me's verchlyneret: es meielet, tönt's no einisch fründlecher. Aber stinke tuet's einewäg.

Übrigens: Ds einzige Früeligsblüemli, wo schmöckt, isch ds Meierysli. Het das Wort öppis mit emne Ris z tüe? het mi e «Stübli»-Läsere gfragt. Es Ris isch en Ornig vo glyche Gägeständ – es Ris Lismernadle, es Cheigelris und es Ris Charte. Aber ds Meierysli het sy Name vom Rys, wo früecher o bi üüs Pflanzeschössli het bedütet (hochdütsch Reis. Es ist ein Reis entsprungen). Ds Meierysli isch also eifach es Schössli im Meie.

Nüüt mit Meie, o we me Meieli dry stellt, het es anders Wort z tüe, won i uf em Land no hie und da ha ghört, aber wo jitz sicher am Usstärben isch, nämlech der Meiel (oder Meiu, wi der weit). Wo das koschtbare Bluemevase, wo ds Juliette mit schöne Stärneblueme em Raffi Senno i ds Zimmer gstellt het, am andere Morge verschlage im Hof lyt, seit ds Chöcheli: «Däm Herr da obe wurd i höre Blueme ystelle. 's isch ja schad, sen abzstrupfe. Zum Fänschter uus gheit het er se grad mitsamt em Meiel.» Derby het se der Raffi nume uf ds Simse gstellt, wil si ihm i der Nacht z starch gschmöckt hei (Tavel, Ds verlorne Lied). Der Emil Günter i syr Chräjebüelgschicht redt neime vo mene «währschafte Thurgouer Moschtmeiel». Me findet das Wort im Mittelhochdütsch und im Italiänische. I leite's vom Wort Maiolica ab, däm Gschirr, wo dennzumal vo Mallorca uus d Kulturwält eroberet het.

Aber zrügg zu üüs Froue. We mir scho ne bsunderi Beziehig zu de Blueme sölle ha, so isch es sicher meh die vom Pflege als die vom Glyche. Und so wett i nech zum Schluss zwo Strofe zitiere us em wunderschöne Gedicht vom C. A. Loosli zum Tod vo syr Frou, wo so guet zu irne Blueme und zu irne Lüt gluegt het (und das isch bi däm Maa sicher ke liechti Ufgab gsi!):

Fasch es haubs Jahrhundert hei dyner Meie
I de schöne Tage wi i de trüebe,
Gäb mir syge buschper oder nid z pass gsi,
Tröi mit is gleichet!
Gstorbe bisch de, Mueti, u Längizyti
Na dir tuet mi mängisch fasch z Bode trücke,
Gsehn i dyner Meie! – De tüecht's mi aube,
Du tüjsch mer winke!

zmorndrisch

«Guet, i telefoniere nech de, we mer ds Material hei u zmorndrisch chöi cho», het mer der Installateur gseit und isch zur Tür uus. Zmorndrisch – da seit no öpper zmorndrisch! Am liebschte hätt i dä Maa no schnäll a nes Ärveli gno. Er het zwar grad ds Alter gha vo myne Sühn, aber öb er di Umarmete gschetzt hätt, wär doch en anderi Frag gsi!

Zmorndrisch, zmornderisch – was für nes schöns Wort. Eis, wo genau em französische le lendemain entspricht; eis, won es süsch im dütsche Sprachruum nid git.

Voletscht het mer öpper echly spöttisch gseit, i syg e Bärndütsch-Guru. Eini, wo über der «Religion Alt-Bärndütsch» wachet. Nei – daderfür interessiere mi d Bewegige vo de Sprache, o die vom Bärndütsch, vil z fescht. E Sprach, wo sech nid entwicklet, isch ke rächti Sprach, sondern es Fossil. Aber di alte Usdrück han i halt doch o gärn – emel die, won es Loch i üsem Sprachsyschtem hinderlö, we si verschwinde. Und da ghört zmorndrisch derzue. Allerdings – mir wei ehrlech sy: Isch es nid scho einisch verschwunde gsi, emel i der Stadt? Won ig es Chind bi gsi, het niemer i myr Familie und i myr neechere Umgäbig ds Wort morndrisch je bbruucht, und o bim Tavel oder Greyerz chunt's mynes Wüsses nie vor. Ghört han i's hie und da bi Märitfroue oder bi Klassekameradinne, wo vom Land sy cho.

Um so meh isch es mir du ufgfalle, dass lang na der Jahrhundertmitti fasch glychzytig bi drei Stadtbärner Schriftsteller das morndrisch wider uftoucht isch: Zersch bim Erwin Heimann («Am Fänschter», 1962), won er erzellt, wi ihn numen es allerwälts Hammebei, won är samt em Zahltag dür di schwarzi Hole vo Deisswil gäge Ferebärg ufetreit het, vor emnen Überfall grettet het. «Zmornderisch han i der letscht Bscheid übercho i der Sach»: Es isch en etwütschte Torbärger gsi, wo ihm dert abpasset het gha und wo sech vo däm Mords-Chnoche het la abschrecke.

Zäh Jahr speter bruucht o der Mani Matter («Warum syt dir so truurig», 1973) das Wort imene düschtere Zämehang, dert, won er sech überleit, öb es sech eigetlech lohni, ds Bundeshuus z rette. Grad het er e Terrorischt dervo chönne abha, ’s i d Luft z spränge. «Glunge isch nume, dass zmonderischt scho über my red mir du zwyfel sy cho: Han ig ihm d schwyz o mit rächt eso prise, fragen i mi no bis hütt hindedry, und no uf eis het dä Ma mi higwise, louf i am bundeshus sider verby, mues i geng dänke, ’s steit nume uf zyt, ’s länge für’s z spränge paar seck dynamit.»

Ja – und de chunt mer albe o grad z Sinn, wi di seriösischte Lüt, won ig es Chind bi gsi, der Nöirenaissance-Stil vo üsem Bundeshuus abgschetzt hei, und me gseit het, ds Schönschte am Bundeshuus syg d Ussicht uf d Bärge!

O nid grad fridlech, aber luschtig tönt ds Gedicht vom Kurt Marti mit sym zmorndrisch («Undereinisch», 1973): «Wo dr liebscht us liebi bisse het bin i zmorndrisch violett und alli gsehs däm orden a wi luschtig mirs hei zäme gha.» Glunge: Jede vo däne dreine schrybt ds Wort echly anders. Das zeigt, dass es fasch nume mündlech isch überliferet worde. Bim Gotthälf chunt’s als monderst, morndrisch, morndrist, zmornderist vor!

Jitz het’s mi doch du wunder gno, wi läbig «zmorndrisch» hütt no isch, und zwar bi de Junge. Vor zwänzg Jahr han i albe nume im Thuner Seminar bruuche umezlose. Hütt sy d Klasse gmischt, das wär e grosse Vorteil. Derfür sy d Seminarie hütt vil meh uf di einzelne Regione abgstimmt. Hüür hei mer zwo Lehrerinne anerbotte z hälfe mit nere Churz-Umfrag, wo d Schüeler(inne) spontan i knapp füf Minute (der normal Underricht darf ja nid z churz cho) uf emne Zedel paar bärndütschi Frage beantworte. Scho my Profässer Karl

Jaberg het albe im Oberseminar settigi Blitzumfrage gmacht, we ne es bärndütsches Wort interessiert het – zum Byschpil ds Gürbi und d Gürbe. Derby wüsse mer genau: Der Zuefall spilt i derignen Experimänt e Rise-Rolle (we nume di politische und wirtschaftleche Befrager hüttztags nen o chly meh täten yrächne!).

Also: Bi 48 Schüeler und Schüelerinne im Marzili (DMS und Seminar) het ke einzigi Übersetzig vom dütsche Satz «Am folgenden Tag wurde er verhaftet» *zmorndrisch* gha, nume «am Tag druuf» oder «am nächschte Tag». D Lehrerin het du no gfragt, wär das Wort gchenn, und da hei di meischte mit Ja gantwortet, aber zwee Drittel hei erklärt, si bruuche das Wort nie sälber. Echly anders isch d Umfrag z Langetal (vier Seminarklasse und ei achti Primarklass) usecho. Da hei immerhin vo achtzg Seminarischte(-inne) drei spontan zmorndrisch, zmornderischt, zmorndrischt übersetzt! Den Achteler (dreiezwänzgi, dervo sibe Usländer) isch das Wort nid ygfalle. I hätt sen allwä scho echly dütlecher sölle druf hiwyse. Derfür het se der Satz vom Verhafte fasziniert. Da sy d Sprach-Yfäll cho z sprudle: Si hei ne gschnappet, si hei ne verwütscht, er isch i Knascht cho, d Schmier het ne gholt! Da han i wider einisch öppis gmerkt: Spannendi Sätz zie zwar d Mönsche a und si antworte gärn. Aber d Sach länkt se vom Wort ab, wo vilecht nid grad es interessants isch.

Eis het di Umfrag dütlech zeigt: Im tägleche Wortschatz vo üsne Junge exischtiert «zmorndrisch» nume no ganz am Rand. Vilecht chönnte der Polo Hofer oder der Dänu Brüggemann oder der Büne Hueber ’s no mit em ne bärndütsche Song echly rette?

Glunge isch nämlech – das nume no ganz am Schluss – o d Superlativändig vo däm Wort. Dass us em Adverb morn es Adjektiv *morndrig* (wi *geschtrig*) isch gformet worde, lüüchtet y. Aber wiso het d Sprach nachär no ne Superlativform *morndrist* druus gmacht? Das blybt es Rätsel – eis, wo zeigt, wi üses Unbewusste mitschaffet a üsne Wort.

D Nacht und iri Ableger

D Nächt sy im Novämber und Dezämber am lengschte und am fyschterschte, dunkt's mi geng. Dass de di Fyschteri i der Wienachtszyt en Art Erlösig findet, das wird mer, je elter i wirde, zu menen Erläbnis, wo mer warm um ds Härz macht. D Fyschteri, d Chelti und d Lengi müesse derby alli Jahr nöi erläbt und verarbeitet wärde. Es git Bärner, wo im Winter äxtra i höche Norde gange, für di Nächt no intensiver uf sech la z würke. Eine dervo isch der Schriftsteller H. U. Schwaar, wo i sym allernöischte Bändli bärndütschi Gschichte («Churzwaare», Emmentaler Druck Langnau) syni Erläbnis und Begägnige in Nordfinnland bi de Same ydrücklech und o nachdänklech erzellt. Sy oberämmetalisch Dialäkt passt derby i syr Weichi wunderschön i di Stimmige vom Nordliecht uf der Tundra – me gspürt sech fasch sälber als alte Germane-Nomad uf der Wanderig i Süde.

Und de fallt eim o der Satz vom Römer Tacitus y, d Germane zelle d Zytablöuf na de Nächte, nid na de Tage wie d Römer – so wie no hütt d Ängländer für vierzäh Tage fortnight säge (drum het me ja du nach der Völkerwanderigszyt o d Frischte nöi zellt: Vom Frytig bis zum Sunntig sy's du zwe Tag worde, nid drei wi bi de Römer und Grieche). Nu, we d Nächt bi üüs und im Norde läng und fyschter sy, so cha me das ja o im Süden erläbe, öppe bim Zältle am Mittelmeer: Da wott me ds schönen Aabeliecht zum Znacht vorusse benutze – und innert zwo Minute isch es so stockdunkel, dass me ds Muul nümme findt. «Wächter, wie weit ist's in der Nacht?» rüefe di verzwyflete Wüeschtebewoner im Jesajabuech (Kap. 21). «Hüter, ist die Nacht schier hin?» het der Christian Richter (1676–1711) übersetzt (Chilchegsangbuech 308). Nume im Name vo däm Vögeli, wo i der Nacht am schönschte singt (it calls, es «gället»), tönt ds Nachterläbnis fründlech: bi der Nachtigall. Was wunder also, we sech ds Nachterläbnis o i der Sprach spieglet, vorab dadrinne, dass das Wort i allne europäische Sprache di glychi indogermanischi Sprachwurzle bhalte het: vo griechisch nyx über nox zu nuit und noche, vo germanisch naht zu Nacht und night isch es ds einzige Wort i üsne Zyträchnige, wo stercher isch gsi als alli einzelsprachleche Zytnäme! Und derzue het's e Huuffe Ableger gmacht, vil meh als der Tag, der Morge und der Aabe, bsunders i de Dialäkte. Scho nume bi de Verbe: Übernachten isch hochdütsch, aber der Übernächtler, wo bi de Bure im Höi darf schlafe, wen er d Tubakpfyffe und d Zündhölzli abggä het, dä het's nume bi üüs ggä, und, moderner: ds Wort übernächtig, we me z vil gfeschtet und zweni pfuuset het, äbeso. Hochdütsch seit me einnachten, uf bärndütsch heisst's ynachte, etnachte und vernachte, jedes mit nere bsundere Nuance: «Mir müessen is derzue ha, süsch etnachte mer!» rüeft im «Heimisbach» vom Simon Gfeller ds Annemareili de Flachsbrächere zue, wo am Lafere sy. Und im «Jä gäll, so geit's» vom Tavel wei d Lächelüt i der Schosshalde der Franzosesoldat, wo nam Schuss vom Unggle Mäni wi tod daligt, «bim Vernachte i ds Mösli gheie» oder no besser i ds Bschüttloch: «Das git guete Satz.»

O zwöi Zytwörtli ghöre zu üüs und nume zu üüs: hinecht und nächti. Im nöischte (dritte) Band vom «Wortatlas der deutschen Umgangssprachen», wo der amerikanisch Profässer Jürgen Eichhoff usegit (es sy handlechi Büecher – empfälenswärt!), übersetzen e Schüeler z Burdlef und e Studänt z Davos im Satz: «Ich habe ihn etwa um 20 bis 22 Uhr des vorigen Tages noch gesehen» di Zytaagab mit *nächti!* Das het mir rächt eigetlech der Mupf ggä, di Umfrag i de Mittelschuele im Marzili und z Langetal z mache, won i ds letschtemal dervo bbrichtet ha (apropos vom Wort morndrischt). I ha gfragt: Wie sagen Sie auf berndeutsch: gestern abend um 20 Uhr und: auf Wiedersehen heute abend um 9 Uhr und o no: Kennen Sie die Wörter nächti und hinecht noch, und was bedeuten sie? Da isch du eis ganz klar usecho: Es Wort gchenne und's no sälber bruuche isch zwöierlei! Di 48 Marzili-Schüeler und -Schüelerinne und di 104 Langetaler hei fasch alli nächti und hinecht korräkt i ds Hochdütsch übersetzt, aber umgchehrt bi den erschte Sätz hei z Bärn nume sibe Buebe und Meitschi *hinech* (nie hinecht!) ygsetzt und *nächti* überhoupt niemer! Z Langetal sy beidi Wörter allemnaa no besser i der aktive Sprach verankeret. Alli hei se gchennt, und vierzäh Seminarischte hei spontan *hinecht* und sächs *nächti* gschribe.

Nächti isch en uralti Genitivform vom Wort Nacht (so, wi me no hütt «des Nachts» cha säge). Grad wi morn vo Morgen abstammet, aber scho im Mittelalter bi üüs zumene nöie Begriff worden isch, het nächti d Bedütig vo «gestern abend» übercho und sech vom Wort Nacht abgspalte.

Ds «Schwyzerdütsche Wörterbuech» notiert z Bärn 1528 sogar ds Wort nächtest für nächti, was genau i der Form em morndrist für morn entspricht. I der Stadt isch ds Wort nächti sit aafangs Jahrhundert eigetlech verschwunde. I ha's geng nume Landbärner ghöre bruuche. Ganz anders isch es mit em Wort hinecht (hie-Nacht). Das hei mir o daheime vil bbruucht. Und glungenerwys het das Wort grad juscht i der Stadt vor öppe zwänzg Jahr en Art Renaissance erläbt. «I wünsche dir e schöne» – oder sogar: «e hilbe Hinech!» isch zum fründleche Aabegruess vo de Junge worde. Hinech – nid Hinecht – es Zeiche, dass der Zämehang mit em Wort Nacht geng meh i ds Unterbewusstsy abegrütscht isch! Hütt isch dä Gruess – leider – wider verschwunde. Me ghört öppe no: «I wünsche nech e Schöne!» Und dä wünschen ig öich jitz o – es söll für e Tag und für en Aabe gälte und für e Sunntig no derzue.

«Näi pitti äu!»

«Chönntsch mer es par Pro-Juventute-Margge bstelle?» han ig es Nachbermeiteli gfragt, und äs het mer strahlend gantwortet: «Mach i!», und i – statt Fröid z ha über sovil nätti Bereitschaft –, ha gschwind läär gschlückt.

Mach i? I weis ja, o Bärner Chansonniers chöi di Verbform ohni Ändig bruuche, we's ne besser i Rhythmus passt, vom Polo Hofer nid z rede: *mach i* statt *machen i.* Schliesslech hei mir ja o alli vor füfzg Jahr der Schlager gsunge: «Margritli, i lieb di vo Härze, mit Schmärze, du weisch nid wie sehr.» Aber mir alli finde sicher, di Churzform syg nid richtig bärndütsch, si ghör ender i ds öschtleche Schwyzerdütsch. Der dritt Band vo üsem Sprachatlas (wo us der Mitti vo üsem Jahrhundert stammet) het em Problem *chum i /chumen i* e ganzi Charte gwidmet und druff luter spontani, nid äxtra abgfragti Sätz notiert. Da chunt im Bärnbiet tatsächlich nüünmal (vo ungfähr 70) d Form *chum i* vor, ussert Signau aber nume nördlech vo Bärn. E zwänzgjärige Stadtbärner seit sogar «i leg mi». Und i syr «Bärndütsch-Grammatik» (1985) notiert der Dr. Werner Marti, me chönn o bi üüs «in Anlehnung an die östlichen schweizerdeutschen Mundarten» ghöre säge: «Gloub i scho!» oder «Da fahr si grad zum Hotel zueche...» Är zellt sogar di bärndütsche Wörter *gloub* (mir hei's gloub daheime) und *dänk* (das isch dänk eso) i die Reie.

Wenn i mi chly wehre gäge das *mach i, schryb i,* findet dihr vilecht, i heig en Anti-Züri-Komplax. Nei, fur mi isch es e Pro-Züri-Erinnerig, wo da ynespilt und wo für mi öppis ganz Koschtbars isch, di allererschti bewussti Erinerig überhoupt i mym Läbe. I bi denn knapp drüjärig gsi. Da sy mer z Bärn vom Liebeggwäg aben i d Matte ga ds Matte-Grosmueti bsueche, d Mueter vo mym Vatter. Si isch 1864 gebore und 1923 gstorbe. I schmöcke no d Schiffloube dennzmal – e füechti, ender übelschmöckigi Gäget. Mir gange dür d Loube, de dür ne Türe yne i ne fyschtere Gang. Da git's im erschte Stock oben a der Stäge Liecht, und e grossi graui, schlanki Frou rüeft oben abe: «Näi pitti äu, s Ruuthli!» Es dunkt mi no hütt, i ghöri und gsej se; und ds Mueti seit: «Lue, ds Mattegrosmueti!» Sider denn isch mir das «pitti äu» (i bitte di o) im Ohr, untrennbar vo myr grosse, schlanke Grosmueter im Liecht oben a der fyschtere Stäge. D Liebi, wo mir da eggäge tönt het, und d Fröid, dass i Stünggel da chume, het für geng o my Liebi und my Fröid am Grosmueti gweckt.

I ha hindedry mängisch ddänkt, wi schad es syg, dass d Eltere vo mym Vatter beidi vor sächzgi gstorbe sy. I hätt vil by ne chönne erfahre vo irne Erinnerige a Züri, vo de arme Zyte und de soziale Problem us em Afang vo üsem Jahrhundert. Mys Matte-Grosmueti isch Zürchere gsi. Ire Vatter isch als junge Buur us em Kanton Schwyz usgwanderet, öb us purluterer Überläbensnot oder us religiöse Gründ, wie me i der Familie gseit het, weis i nid. Er het z Altstätte bi Züri e Burepacht (das het's denn dert no ggä) überno und isch Mitglid vo der methodistische Gmeind worde. Sy Tochter Anna het du der Sattler und Tapezierer Johann Lehmann ghürate, und my Vatter isch ds zwöiteltischte vo irne füf Chinder gsi.

Na parne schwirige Jahr z Altstätte sy Lehmes uf Bärn züglet. My Grosvatter heig als jung wägem Stoub vo sym Bruef echly gschöppelet, und däm hei si welle etrünne. Er isch dezidiert em Blaue Chrüz byträtte und het sech zhinderscht i der Länggass e nöji Exischtänz ufbbouet. Das mues nid liecht gsi sy. Scho als chlyne Bueb het my Vatter en Erfahrig gmacht, wo sys Läbe prägt het. Er isch under di offene Fänschter vom Schuelhuus näbedranne gstande und het glost, wi si dinne ufsäge und singe. Und wil ne d Sunne bbländet het, het er es Gränneli gmacht. Da luegt grad e Lehrer use, meint, dä Püderi mach ihm e Grimasse, lat ne ynehole und seit ihm vor der ganze Klass wüescht: So armi Buebe heige dopplet aaständig z sy! Es Schlüsselerläbnis, wi me so schön seit. Er isch speter nie gärn i d Schuel, trotzdäm er e guete Schüeler isch gsi, und het sech gärn über d Lehrer luschtig gmacht – was myr Mueter gar nid gfalle het: Si isch sälber acht Jahr lang Lehrerin gsi. Der Vatter het albe gseit, är heig se dervo erlöst. Item, är het du doch o sölle Lehrer wärde, das isch denn der Ufstigsbruef für di intelligänte Buebe us eifache Familie gsy – gnau wi der Balzli zäh Jahr speter. Aber er isch bim Ufnahmsexame gfloge, wil er nid het chönne singe. «Was ist das für eine neue Art Singvogel?» het der Papa Klee (der Vatter vom Maler Paul Klee), Singlehrer z Hofwyl, gspottet. Da het o ds beschte Exame süsch nüüt ghulfe. «Gottlob», het albe my Mueter gsüüfzet, wen er is das erzellt het, «was wärsch du für ne Lehrer worde!»

Wäret syr ganze Schuelzyt het er sech geng Müe ggä, chly Gäld z verdiene, für syr Mueter z hälfe. Er isch mit em einzige Glas vo der Chuchi a Glasbrunne und het's dert de Frömde zum Trinken aabbotte, für ne Zwöiräppler. Profitabler, aber o herter isch ds Rossmischt-Sammle gsi, emel we me gueti Abnähmer i der «bessere» vordere Länggass gwüsst het. So eini isch d Frou Oberscht Stucki gsi; die het em Hansli alls i der Mischtbäre abgchouft. Und won är na sym abverheite

Ufnahmsexame ganz ratlos vor syr Zuekunft isch gstande, hei Stuckis ihm e Lehrstell im Notariat vo irem Schwigersuhn aabbotte. So isch es du cho, dass är speter sälber het chönne Notar studiere. Vom Rossmischt zum Akademiker – der Arbeitswille, aber o der Wille, sozial ufzstyge, isch risegross gsi dennzmal – aber o der guet Wille bi vilne «Bessergstrählte», z hälfe, wo si hei chönne. Das darf o einisch gseit sy.

My Grosvatter Lehme isch mit sibenefüfzgi gstorbe. Me het denn vo Kehlkopftuberkulose gredt. Sicher isch es e Bruefschrankheit gsi. Di Sattler hei ja i irne stoubige Wärchstatte vor allem Rosshaarmatraze grupft und ufgfrüschet. I syne letschte Jahr isch d Familie i d Matte züglet. D Grosmueter het dert chönne es Lädeli übernä, dass är nüm het müesse schaffe. Alli Chinder hei chönne es Bruefsdiplom mache, di drei Töchtere i der Handelsschuel. Zwöi Jahr nach irem Maa isch d Grosmueter o gstorbe, na mene unändlech herte Läbe: e strängi Burejuget, e Zytlang e Problemmaa, füf Chind und zletscht no ne Lade – und doch isch my Erinnerig die a ne Frou im Liecht, wo mi willkomme heisst mit Wort, won i nid verstande, aber d Liebi druus gspürt ha – bis hütt:

«Näi pitti äu!»

Der bärndütsch Ton für ds Tämpo i üsem Jahrhundert: ö!

Ds Schyfahre isch für mi vo chly uuf e schöni, aber aasträngendi Winterfröid gsi. I cha se i mym Läbe sogar gnau datiere: vo 1929 bis 1992. A der Wienacht 1928 hei mys Schwöschterli und i üsi erschte Schy übercho und sy vom Nöijahr aa regelmässig i der Windjagge, em Falteschüpli, em Foulard und de wullige Strümpf, wo pär Elastigg amene Gstältli sy aagmacht gsi und d Oberschänkel zimlech blutt hei gla, i ds Wyssloch hinder der Loubegg ga Schy fahre: ufetannle, d Chnöi mache, abefahre, umtroole, ufetannle, abefahre, stemmbögele… My Schwöschter isch derby vil gschickter gsi als ig, nid vergäbe isch si speter Turnlehrere worde. My Vatter het als begeischterete Sportler üüs beidi mitgno i d Saanemöser, wo der Schyklub Bärn uf halber Höchi zum Hornbärg es Hüsi bsässe het. Dert hei mer albe güebt und mit Vatters Fründe Risotto ggässe – und derby gmerkt, dass di Manne rächt guet hei chönne heize und choche und abwäsche, we keni Froue da sy, wo ne d Arbeit abnäme; am andere Morge sy mer uf e Hornbärg, uf ds Hüenerspil oder sogar uf ds Rinderhorn und am Aabe todmüed, aber stolz i dreine Stunde wider nach Bärn zrügg gfahre. Speter sy my Maa und i mit üsne Chinder unändlech ga schyne. – «Vati, chan i e Gredeler nä?» het's albe obe am Stutz tönt, und scho isch me i nere dicke Schneewulche gläntet. No speter, mit de nöie, liechte, guete Schy, han i fei echly üppigi Gletscher-Abfahrte zwägbracht und ds Tämpo-Erläbnis no so rächt chönne gniesse – bis i du mit sibezgi gmerkt ha, dass i jitz zu de Mammeli ghöre, wo alli begeischterete «Börer» hässig macht, wil ig im Ziggzagg fahre, wo me äbe sött böre. Da han i myni letschte Schy der Grosstochter gschänkt, und sider probieren i, d Schneeluft, di herrlechi, eifach wider bim Loufe yzschnuufe – si wird sowiso all Winter rarer.

Umso meh gluschtet's mi, d Schy-Wörter im Bärndütsch dür üses Jahrhundert düre chly z büschele und z luege, was dervo isch übrig bblibe.

Mir säge, das isch emal ds erschte, Schy und nid Ski, wi üsi Nachbarländer. Und das heisst, dass mir das Wort diräkt us em Norwegische hei, nid us em Hochdütsche. Norwegisch seit me Schy und schrybt Ski. Früecher het me bi üüs o zwe Chönner-Schwüng underschide, der Telemark im tiefe und der Christiania im herte Schnee. Der Telemark isch samt de Riemlibindige zsäges verschwunde. Us em Christiania hei mir bi üüs der Chrigeler gmacht, schliesslech säge mer für Christian o Chrigel, mitsamt em Verb chrigele. Das sy allwä di einzige norwegische Wörter, wo bi üüs bblibe sy. Us em Änglische chunt nüüt als der Stopp und ds Stoppe, emel i der traditionelle Sprach, bevor ds Snööbe ufcho isch. Alls andere hei mer us em dütsche Sprachbereich, vom Schwinge zum Wedle, vom Schy-Ass zum Schy-Häsli, vor Aalegig zur «Textilbräms».

Und was isch ächts Bärndütsch bi däm Sport? Da isch einisch ds Verb schyne oder schyle. Schyle seit me – oder het gseit – vorab i der Stadt Bärn, wäret me nördlech und südlech meh schyne ghört. E Zytlang isch di doppleti Sprachgränze quer über d Aare uffällig gsi: schyne – schyle – schyne. Hütt isch si verwüscht, sovil i gseh. D Schy sy meh als es Wärchzüüg zum Rütsche. Es sy gliebti Fründe. Und Fründe überchöme gärn Übernäme, mängisch sogar liebevoll abwärtendi: Latte, Ladli, Sprysse het me ne früecher gseit, wo si no us Holz sy gsi; ds Ruckseckli isch ds Wybeeri, d Gurttäsche ds Nabü. Alli di Näme wächsle vo Ort zu Ort, vo

Jahr zu Jahr. Zääjer und tröier, aber o unerschöpflecher sy d Verbe für ds schnälle Fahre – vilecht grad drum, wil mir Bärner süsch ender als langsam gälte: Me fahrt nid gleitig (derby wär doch ds Gleite so schön), sondern me böret, me schnuusset, me fielet oder blochet, me syrachet und heilandet oder het en Affezahn druff.

Und gnau so unerschöpflech sy o d Usdrück für ds Umfalle: Me gheit nid eifach um, es leit eim uf d Niss oder tischet eim uf d Schnitte, es läderet eim (um), es überrieschet oder überchrisaschtet, schnätzlet oder übergoferet eim, vom Überarsche gar nid z rede. Das «es» zeigt dütlech, wie unfreiwillig men umfallt. Schlimm wird's allerdings erscht we's eim «git».

Natürlech: Alli di Wörter sy zum Teil scho wider verby, und anderi löse se reium ab. Es sy ja o eifach Buebesprach-Wörter, Gfüels-Usdrück. Und da bruucht me geng nöji, chreftigeri, überraschendi, malerischi. Es einzigs vo dene Wörter het sech i üser Jahrhunderthälfti fescht chönne etabliere: böre. Es ghört allwä nid vo allem Aafang aa zum Schyfahre, sondern chunt us der Wält vo de Redli, vom Töff, vom Auto, vilecht sogar vom Velofahre. Wichtig isch, näbe der Idee vom Sure wi ne Borer, das -ö-, wo ds Redli symbolisiert, wo schnäll drääit, di beide Pünktli wi Hinderlibacke obedruff. Ynecho isch das -ö- i üsi Sprach allwä mit em Wort Töff (lueget bim T-), aber scho als Chind hei mir o vo de Schlööf und em *Schlööferle* gredt für ds Schlyffschuene, hütt tuet me im Summer *söörfe* und im Winter *snööbe* (oder *snöbe:* es tönt vo Klass zu Klass verschide läng). Ds -ö- isch hütt, am Jahrhundertänd, zum bärndütsche Sport-Lut par excellence worde, zum

Schwung- und Gleit- und Schuss-Lut wi kei andere. Glunge derby isch nume, dass glychzytig im Stadtbärndütsch ds -ö- vom Wort *rönne* verlore ggangen isch. Hütt rennt me bi üüs, me rönnt nümme. Me rennt ja äbe o nid i Kurve, sondern müglechscht graduus! Und das isch doch ds Schönschte bi allne -ö-Verbe: Dass si glychzytig der Schuss und ds graziöse Schwinge verbinde…

pfüüslige

Der Summer dür hei mer's i myne «Stübli»-Byträg mit Wörter gha, wo für alli «Usländer» typisch bärndütsch sy, aber bi üüs Bärner ender als grob gälte, nämlech Gring und Scheiche. Hütt wett i das Kapitel gärn abschliesse mit emne dritte settige Wort, nämlech pfuuse.

Wo mir ds Nöie Teschtamänt uf bärndütsch übersetzt hei, het sech e Pfarer byn is gmäldet mit em Wunsch, mir sölle doch das hochdütsche Wort schlafe mit bärndütsch pfuuse übersetze. Vilecht nid grad bi de Jünger im Garte Getsemane, wo statt z wache geng wider ygschlafe sy, aber zum mindschte im Epheserbrief, wo's heisst: Erwach, du Schläfer! (5, 14). Dert chönnt me doch schrybe: «Erwach, du Pfüseler, und stand uuf vo de Tote!» Mi müessi eifach mit allne Mittel probiere, d Juget uf der Gass für d Bibel z gwinne.

Er het sicher i eim rächt gha: Ds Wort Schläfer git's im Bärndütsch nid. Mir hein is schwär überleit, wi me dä Satz chönn drääje, aber zu Pfüseler hei mer is nid chönne düreringe. Nid nume, wil pfuuse im Bärndütsche würklech als chly grobs Wort, als Wort mit nere ender negative Gfüelsladig aagluegt wird. Nei, o drum, wil pfuuse i anderne Gägete vo der dütsche Schwyz mängs anders cha bedüte, lut Wörterbuech ds Süngge vom Zahnweh und ds Schnüze vo nere Chatz, aber o ds Fürzle, also luter Begriffe, wo würklech nid i d Bibel ghöre. Derzue isch im Bärndütsche ds Wort schlafe sicher vil elter als ds Wort pfuuse – emel ds «Schwyzerdütsche Wörterbuech» im 5. Band vo 1905 git di Bedütig nume ganz am Schluss aa, und der Kanton Bärn chunt nume mager vor bi däm Wort. Bim Gotthälf chunt pfuuse nie vor und im mattenänglische Wörterbüechli vom Otto vo Greyerz o nid.

Ursprünglech het das lutmalerische Wort alls chönne bedüte, wo pfyft wi ds Usela vo Luft us de ufbblasene Backe. Drum redt me ja o vo Pfusibacke. Mir säge o öppe, der Pfuus gang is uus, we mer gnue hei vo nere Arbeit (statt: der Schnuuf) oder we d Elektrizität plötzlech abstellt. Und wil d Füelhörnli vo de Schnägge en Art Näsi sy, cha me o dert Pfüüsi oder Pfüüsli säge, emel im Värsli: Schnägge, Schnägghüüsli, zeig mer dyni Pfüüsli, zeig mer dyni vieri Horn, oder i schla di a ne Dorn. Allerdings notiert d Gertrud Züricher i irem Buech über d Chindervärse a anderne Orte statt Pfüüsli: Brüsi, Büsi, Pfnüsli.

Bi üüs z Bärn het bim Verb pfuuse i de letschte Jahrzähnt geng meh d Bedütig «schlafe» d Oberhand übercho. Bi de Chinder, wo ja bim Schlafe vil härziger usgseh als Erwachseni, seit me gärn pfüsele oder es Pfüsi mache. Trotzdäm glouben i nid, dass ds Wort pfuuse z Bärn ds Wort schlafe je ganz wird chönne wägdrücke. Es blybt es Gfüelswort.

Wei mer no grad echly wyter vom Schlafe rede? Wo vor mängem Jahrzähnt my Maa i nere Gmein isch als Pfarer installiert worde, het e fromme Prediger bi syr Begrüessigsaasprach ne ermahnt, er söll nie vergässe: Den Seinen gibt's der Herr im Schlaf! Er het dermit welle säge, my Maa söll sech nid z fescht uf sy theologischi Wüsseschaft verla, eh weder nid landi me mit dere bim Tüüfel. Der rächt Gloube wärdi eim gschänkt, sogar mängisch im Schlaf. I ha denn ds Lache fasch nid chönne verbysse, wäret my Maa der Erger abegschlückt het. I üser jungen Eh han i wi no vil anderi Froue gmerkt, dass füraa d Manne meh Schlaf bruuche als mir Froue – es het fei hert gha, di Erfahrig z mache! Item, i ha gfunde, dä Bibelspruch pass eigetlech ganz guet zu mym Gspane.

Jitz isch üüs bi üser Bibelübersetzig voletscht dä Psalmevärs wider begägnet: Den Seinen gibt's der Herr im Schlaf, so steit's im Psalm 127, 2. Das isch gar nid so eifach uf bärndütsch z übersetze. Den Seinen, was heisst das? Und i welem Schlaf? Dä Satz louft üüs brave Calvinischte sowiso gäge Strich. Mir singe zwar im Lutherlied: Mit unsrer Macht ist nichts getan, aber im Grund sy mer doch fescht der Meinig, der lieb Gott heig d Verantwortig für d Wält i üsi Händ gleit und syg dermit uf üsi solidi Arbeit aagwise. «Gott hat keine Hände als die Deinen» isch e beliebte hüttige Theologespruch. Item. Mir sy wi geng diräkt a hebräisch Urtägscht häre: «Seinem

Geliebten gibt er soviel im Schlaf» heisst dä. I schrybe jitz hie grad der ganz Psalm-Aafang uuf, wi mir ne zersch übersetzt hei:

We der Herr es Huus nid bouet, de wärche d Boulüt vergäbe. We der Herr e Stadt nid bhüetet, de wachet der Wächter für nüüt. Es nützt ech nüüt, früe ufzsta und spät ersch ga z löie und öies Brot mit hertem Schaffe z verdiene: Sym Fründ git är glych vil im Schlaf.

Mir hätte chönne dütlecher säge: Däm, wo är lieb het, git är glych vil, wen er schlaft. Aber mir gä nis geng Müe, so wörtlech wi müglech z übersetze, o i der Wort-Zahl. Und we's ds Wort «schläflige» gäb, so hätte mer das hie bbruucht.

Chürzlech han i ds Wort pfüüslige ghört, i weis nume nümm, vo wäm und i was für mene Satz. Es isch ja so, dass men i de Schwyzerdialäkte ds Mittelwort vo der Gägewart scho lang verlore het. «Schlafend» cha me nümme säge. Me hilft sech mit der Eigeschaftswortändig -ig und redt vo brönnige Cherzli, vo nere loufige Nase und vo balligem Schnee. O als Umstandswort hei mer's aapasst: liglige, ständlige, sitzlige und büüchlige – aber schläflige seit me nid. Umso luschtiger isch «pfüüslige». Mer gseh drann, dass me mit emne nid sehr salonfähige Gfüelswort ender wagt, nöji Wortableitige z forme, als mit emne Wort, wo o i der Hochsprach vorchunt.

Dermit, liebi Lüt, isch es halbi elfi znacht worde. I hüete mi, nech z säge: Göt jitz ga pfuuse oder – no schöner – ga bache. I wünsche nech eifach: Ganget, nät jitz es Rüejigs, und schlafet rächt guet!

Für nes Füfi ga Preichi choufe

«Äbe grad ihn preicht gwüss der Odysseus bim Schiessen i d Gurgle,
dass däm im mutschligen Äcke der Pfylspitz veruse tuet luege!»

So gruusig bluetig rächt sech der Odysseus nam Heicho a syne Konkurränte, won ihm d Frou wei stäle und sys Guet usfrässe (22. Gsang i der Odyssee-Übersetzig vom Albert Meyer) – e gröilechi Gschicht, wo i üsem realistische Bärndütsch no äxtra gruusig tönt. Schiesse und preiche – schrecklechi Wörter und schrecklechi Sache – aber wi isch's? Passiere d Unglück, wil eine cha schiesse oder wil er nid cha schiesse, wil eine preicht oder wil er nid preicht? Wi stande mir z Thun da mit üsem Eidgenössische Schützefescht im vergangene Summer, wo nid nume sibezgtuuset Schütze Fröid gmacht het, sondern o em Thuner Tourismus uf d Bei ghulfe het wi scho lang nüüt meh? Und de üsen Usschiesset änds Septämber, wo d Kadette sogar mit eren Armbruscht uf nes Gesslerbild schiesse und de bim Umzug der Gessler wider fröhlech näb em Täll mitmarschiert?

Verstandet mi rächt: Mys «Stübli» isch ke Moralanstalt. I schiesse sälber nid und bi o gar nid für d Freigab vom Waffechouf. Nie vergissen i üse achtjärig dütsch Feriebueb, wo mir grad nach em Chrieg es halbs Jahr bi üüs hei ggoumet: Einisch amene Sunndig sy mer mit ihm übere Oschtermundigebärg bbummlet, und da het's vom Schiessstand undenufe aafa chlepfe – wi dä zämegfahren isch und het aafa schnadele und zittere, so dass mer hei müessen umchehre und über ds Mälchebüel wider heizue ga. So schrecklech cha Schiesse sy für öpper, wo het müesse drunder lyde.

Aber äbe: I ha ne «sportlechi» Lydeschaft, und das isch ds Preiche. Nid mit Gwehrchrugle, bewahre! Scho als Chind hei mir lydeschaftlech Völkerball gspilt bi üüs uf em outolääre Liebeggwäg, und i bi guet gsi, mit der Schutballe d Gägner z preiche. Speter bim Hushaltigmache han i mi wyter güebt: Preichen ig d Serviette bim Tischabruume i d Schublade zwe Meter wyt übere oder d Zwächeli nam Abtröchne über ds Chuchistängeli, ds Jäthoueli nam Gartne i ds Ständerli oder ds Chüssi us füf Meter graad uf e Gartestuel? Sogar hütt no probieren i, wen i z warm ha und ds Jaggli abzie, ihns drei Meter wyt eso über e nächscht Stuel z schlängge, dass der Halsusschnitt oben isch und d Ermel schön abehange…

Isch es nid uffällig, dass mir Bärner ganz eigeti Wörter hei für ds Wärfe und ds Träffe, äbe: schiesse und preiche? Nid nume schiesse mir d Balle oder ir Schuel Papierchrügeli umenand, bi Rägewätter schiesst ds Uchrut nume so us em Bode, und d Gsüchti schiessen eim i d Glider. Oder mi schiesst sälber wi ne sturmi Hummle desume und schimpft Tuusigschiess oder Donnerschiess abenand – je nachdäm Änkelchind bi eim sy oder nid – mi möcht ja o nid grad, dass der Donner chäm cho z schiesse oder äben e Blitz schössi… Üses Bärndütsch het also di alti wyti Bedütig vom Wort schiessen bewahrt: «öppis ganz schnäll bewege». Me gspürt die ja o no i de hochdütschen Usdrück Zuschuss, Ausschuss, Vorschuss. Dert geit's um ds Gäld und um ds Händele. Me het eim ds entlehnte Gäld gleitig zuegschoppet, dass es niemer gseht u o dervo wott…

No bärnischer, nume bärndütsch, isch ds Wort preiche samt sym Houptwort Preichi.

I ha's synerzyt im «Bärndütsche Wörterbuech» mit emne B- la drucke, wil's der Tavel so schrybt (der Greyerz het sogar b-reiche vorgschlage). «Jä wou, Herr Lütenant, dä het iinisch no guet gschosse, won er no dahiimme gsi isch, im Eggiwiu hinger, u tou Miuch trouche het. Weder äbe, der Schnaps u d Briichi chü's nid guet zäme», so entschuldiget der Wachmeischter der Wirtshüseler Chrischte bi der Schlacht gäge d Franzose im «Jä gäll, so geit's». Hütt tät i das Wort sicher under em P- yordne, wil me's doch geng hert, nie weich usspricht, grad wi we me mit em p wett betone, wie's tätscht und chnütscht, we me nöimehi preicht. Mit däm herte Wortaafang isch das Wort wyt ewägg grütscht vo syr wytlöüfige und rychhaltige Sprachfamilie. Ds dütsche Wort *reichen* geit zrügg uf nen indogermanischi Stammsilbe **rik,* wo allwäg «gradi Linie, Scheitle» bedütet het. Dadruus isch nid nume der Räche oder ds Reck etstande, nei o ds latinische Verb regere, «grad usrichte», und de «regiere» samt em *rex,* «Chünig», chunt dervo, de di dütsche Wörter das *Reich* («der Chünigsbsitz») und *reichen* («sowyt der Chünigsbsitz geit») und *reich* («bsitzchreftig»). Us em Partizip rectus isch ds Wort *recht* etstande, aber o sys Gägeteil *ruchlos* ghört i d Wortfamilie und schliesslech, abgleitet vo regere, sogar der *Diräkter.* Luter Wörter, wo us der Gredi vo der grade Linie d Stabilität vo

Sache, Bsitz und Brüef ableite. Chünige git's zwar nume no wenigi, derfür um so meh Diräktore…

Wiso het de usgrächnet üses Bärndütsch us em Verb reiche und em abgleitete preiche richtigi Bewegigsverbe gmacht? Halt, säget dihr jitz vilecht, reichen isch doch o im Hochdütsche es Bewegigsverb: «Reich mir die Hand, mein Leben, komm auf mein Schloss mit mir», singt der Don Giovanni bim Mozart. Allerdings: Hütt ghört me das chuum meh, me seit doch eifach: «Gib mir die Hand.» Wäretdäm i als Bärnere no befile: «Reich mer gschwind es par Härdöpfel im Chäller.» Oder: «Reichsch mer es Brot bim Beck, we de dert verby chunsch?» Nume: Wär redt no so? Mir Grosmüetere, o z Bärn! Bi de Junge gilt nume «hole», oder trumpieren i mi? Hingäge: Preiche, das isch unverwüeschtlech. Und d Preichi, als Wort, no ersch. «Treffsicherheit», das isch vil es zlängs Wort für so öppis Tifigs wi d Preichi mues sy.

Jä und jitz? Isch jitz schiesse und preiche öppis Bös's oder nid? I meine d Sach, nid d Wort. (Die sötten erloubt blybe, scho wäg der bärndütsche Rarität). Oder chunt's doch uf d Wort aa? Wen i dänke, wi me früecher der Machttrib als öppis absolut Schlächts verurteilt het, und hütt seit men ihm eifach Füerigsqualität, und de isch es öppis Guets… Allemnaa chunt's o hie eifach uf d Preichi aa, oder öppe nid?

Der Lut und der Buechstabe Q

Vor meh als füfzg Jahr han i my Dokterarbeit über lutmalerischi Wörter gschribe (Le sémantisme des mots expressifs en Suisse romande, Francke 1950). Sider het d Sprachwüsseschaft, vor allem d Semiologie, jedes Interesse a der Verbindig vom Wort zu syr Lut-Musig ufgchündet. I ha drum o i de «Stübli»-Artikle im «Bund» chuum je gwagt, öppis zu däne Problem aaztöne. Nume ganz schüüch erlouben i mer jitz hie, d Wörter, wo mit Qu aafange – es sy ganz wenigi im Bärndütsche – echly us däm altmodische Blickwinkel z belüüchte.

Qu-Wörter im Bärndütsch ghöre i zwo verschideni etymologischi Schublade: i ne hochdütschi und i ne latinisch-französisch-änglischi. Eigets bärndütsches Wortguet mit *Qu* git's chuum oder nume sekundär.

We mer di dütsche Wörter neecher aaluege, merke mer gly einisch, dass di meischte vo ne en unagnäme Ton widergäbe oder en unagnäme Schmärz signalisiere: *quaken, quietschen* uf der einte Syte, *quälen, Quetschung* uf der andere. Sogar bi der *Quelle* dänke mer grad a ds Gurgle vom Wasser i der Tiefi, und ds neutrale Wort quer überchunt no gleitig e negative Näbeton: *Quereinsteiger,* sich *querstellen* usw. Und sogar ds änglische *quick* für flink macht da mit. Ghöre mer nid im Wort *Quick-Lunch* grad, wi eine so happig i nes Sandwich bysst, dass das grad aafat quietsche? *D Quätsch(g)e,* ds einzige alte bärndütsche Wort mit emne Qu- (my Grosstante het no so für d Zwätschge gseit, nume bsinnen i mi nümm öb mit oder ohni -g-), macht irgetwie ds Drybysse nache, dass me's grad gseht safte.

Umgchehrt hei di meischte Qu-Wörter, wo mer us em Latinische oder Französische etlehnt hei, e wüsseschaftleche oder politische By-Gschmack, es sy dütlech Frömdwörter bblibe, vo der *Qualität* über d *Quinte* i der Musik bis zum *Quorum* i nere Abstimmig. Der änglisch Usdruck *Quiz* vom Fernseh und em Radio, wo niemer weis, won er eigetlech härchunt (1956 wird er inere Zytig vo *inquisitive* abgleitet), het öppis vom stächige Qu- us em dütsche Sprachbereich aagno.

Am glungnigschte vo allne *Qu*-Wörter isch es im Bärndütsche em Wort quitt ggange. Z Züri seit me: Mir sy quitt. Z Bärn: Mir sy ggytt. Nu, das wär no nüüt Bsunders, mir rede ja mängisch lieber französisch als hochdütsch. Glunge isch ender d Etymologie. Ds französische *quitte* chunt vom latinische *quietus,* «ruhig», wo me im späte Volkslatinisch nümm uf em e, sondern uf em i betont het. Trotz em Qu- es Wort für ds Rueig-Sy! Aber scho i der Verb-Ableitig *quietare,* wo zu französisch *quitter* (verla und furtga) isch worde, gspürt me wider e Verhertig im -tt-, wo irgetwie zur Idee vom herte Abschid passt. O ds Zale und ds Quittiere (acquitter) isch ja ender es herts Gschäft. Und we me seit: «So, mir sy ggytt!», so wird das o ender vo mene herte Handschlag begleitet als vo mene fründschaftleche Lächle... Trotzdäm: Es isch irgetwie symptomatisch für üüs Bärner, dass mer bi däm Wort, wo doch en Art Frides-Schluss besiglet, ds französische gg- em qu- vorzie.

Und so bin i o ggytt em *Qu-* gägenüber, wo i myr bärndütsche Wortwanderig süsch niene aazträffen isch.

Rieschele und Chralle: Zwo Sorte Halsschmuck

My Grosstante Cily het emne Sächeli, wo si sehr dranne ghanget isch, «mys Götzli» gseit, und so nes Götzli isch mer voletscht bim Ufruume i d Finger cho: es alts Chropfbändeli us em Nachlass vo myr Schwigermueter, 37 cm läng und öppe zwee breit, vorne gchnüpft us emne Müschterli vo schwarze und silberige Chrälleli, wo de aagmacht sy amene Räpsbändeli, wo me hinden ytuet. Si sälber hätt nie so nes Bändeli treit, vo mir nid z rede. Es ghört i di no-vorderi Generation. My Urgrosmueter het geng so eis bbruucht, für d Fältli a irem Hals zämezha. I bi sen als chly vil i d Buechegg z Muri ga bsueche und ha se sehr gärn gha, und drum isch jitz das Bändeli für mi es Götzli, won i nid cha wägtue – o we's nid vo ire, sondern vo der Grosmueter vo mym Maa stammet. O die isch e schöni, liebi Frou gsi, bolzgraduuf bis i ds Alter – niemer het nere ires herte Läbe als Frou vo mene Ysebahner und Mueter vo acht Chind aagseh.

Vori han i vo Chrälli gredt. Chrälli hei mir als Chind öppe zur Wienacht übercho, für Hals-Chettine, oder äbe «Chralle», druus z mache. Me het di Chrälli mit nere Nadle uf ne Fade ufzoge und de hinde zämegchnüpft. Aber der Fade het müesse solid sy, süsch isch er handchehrum grisse und d Chrälli sy i der Stube oder voruss uf der Strass furtgröllelet, und me het se uf de Chnöi müesse zämesueche. I Gotthälfs «Annebäbi Jowäger» git's di herrlechi Gschicht, wo d Wirtstochter Röseli em Jakobli Gäld höischt, für em Meieli d Hochzytstracht la z mache. Aber d Göllerchetteli, seit ds Röseli, die mües är sälber choufe: «Meieli het ume vo Krälli, u die schicke si nüt für e Hochzytere. Aber bring rechti, nid öppe die vo dyr Mueter, wo ke Fasson hei u grauet sy im Gänterli. We me es guldigs Meitschi überchunt, so soll ein ds Silber nüt reue, we me's het!» Chrälli? Chralle? Was het e Halsschmuck mit em hochdütsche Wort *Kralle* z tüe? Abgseh dervo, dass mir z Bärn ja da derfür Chlaaue siege? Di einzelne Chrügeli chralle sech ja nid anenand, und di ganzi Chetti chrallet sech nid um e Hals, das miech eim süsch schön Angscht! Nei – Chralle i üsem Sinn chunt vo *Koralle,* früecher der Inbegriff vo nere koschtbare farbige Chetti. Usgrächnet der «o», der ründscht Lut vo däm Wort, isch im schwyzerdütsche Chralle verlore ggange. Vilecht het d Lutmalerei mitghulfe derby, wo mit em chr- gärn öppis Runds aadütet. Nid vergäbe säge mir uf bärndütsch Chrugle und Chrügeli für d Chugle und d Chügeli. Scho 1540 isch z Luzärn vo mene «Bätti» (Rosechranz), «die Krallen mehr dann erbsengross» d Red. Und hundert Jahr speter isch z Züri verbotte worde, «Crallen und anderweg gestickte Gürtel zu tragen».

Gottlob het d Glitzerfröid vo de Mönsche di Sittemandat überduuret. Derzue ghört o, dass der Wy i de Gleser chrällelet («Wie lieb und lustig perlt die Blase der Witwe Clicquot in dem Glase», het der Wilhälm Busch derzue ddichtet). Für Chinder het's weniger bbruucht: «Mir händ amig d Ebbeeri a Schmale gstrupft, dass es eso schön rot Chrale drus gä hät», het der Uswanderigsagänt Jakob Senn z Züri um 1850 gschribe.

Und das bringt mi jitz zu mene ganz andere Halsschmuck mit emne ganz andere Wort derfür. Ds «Schwyzerdütsche Wörterbuech», won i scho vori geng zitiert ha – es isch voletscht i der dütsche «Zeit» fräch als mit Suurstoff ufgwermti Lych bezeichnet worde, aber emel i wüsst nid, was i miech ohni dä unghüür Schatz vo üser allereigetschte Sprach! –, bringt us em Thurgou es Wort Riessele für ne länge Grashalm, wo me drann chönn Eppeeri ufspiesse für ne Halschetti z mache. Riessele? Scho zwöimal nach em Zibelemärit het mi öpper druf ufmerksam gmacht, dass me z Thun emne Zibelechranz oder -zopf e Rieschele sägi. Derby mues me ds -sch- fescht usspräche, so wi bi «fische» oder «büschele» (der Christian Schmid tät's dopplet schrybe). Für mi isch Rieschele es typischs Thuner Wort, i ha's niene süsch je ghört. Und doch chunt's scho im «Idioticon bernense» vom Samuel Schmidt um 1750 vor: Rieschele, Cirrus intortis cepibus aut similibus, uf dütsch: Chranz vo Zibele oder ähnlechem, heisst's dert. Bim Dekan Stalder (1812) bedütet's e «längi Zylete», und der Friedli füert's z Guggisbärg uuf für ne Zylete Chüe, wo vo der Weid hei tschöttele. Zum Eppeericollier zrügg wyse «ganz Rieschelene Chrälli» vom Beatebärg, und im neue «Simmetaler-Wörterbuech» heisst Rieschele eifach «Reihe, Menge»: Si het e Rieschele Chind, oder: e Rieschelete Chnöpf am Palt (Jaggli).

D Härkunft vo däm merkwürdige und sältene Wort zeigt eim allwäg am endschte d Zibele- oder d Eppeerichetti. Für so eini z mache, het me längi Halme bbruucht, Schmale, Binse, Strou oder o Zibelestängle. Es git es alts dütsches Wort: Rusch(e), wo «Binse» bedütet. Bi üüs het das Rüsch gheisse. Im weschtleche Bärnbiet isch Rüsch e Sammelname für verschideni Binsesorte gsi, und me nimmt aa, dass Orts- und Flurnäme wi Rüschegg, im Rüsch (bi Saane), im Rüschli (bi Mülidorf) da dervo chöme, dass es dert Moos mit Binse het gha. D Frou L. im Hünibach, won i nere der eint Hiwys uf ds Wort Rieschele verdanke, het o grad d Beziehig gseh zum «Rüschhaus», wo d Dichterin Annette von Droste-Hülshoff e Zytlang mit irer Mueter gläbt het.

Rüsch und Rusch ghört i di glychi Wortfamilie wi Rohr – und wi ruusche. Scho im Gotische isch *Raus* der hohl Pflanzestängel gsi, wo der Wind schüttlet und macht z ruusche. Und we dihr mi fraget, wie us Raus so verschideni Wörter wi Rohr, ruusche und Rieschele chönne usewachse, de dänket nume a Moor, Moos und Miesch: Da heit der ganz en ähnlechi Lutentwicklig vor nech. Bi Rohr und ruusche het no ersch di mönschlechi Fröid a der Lutmalerei mitghulfe forme, di glychi, wo o scho bi der Chralle gspilt het…

D Zibelechränz hei di moderni Rationalisierig chönne überläbe. Wi schön wär's, we o Wörter wi Chrälli und Rieschele no chly dörfte läbe – amänd dank em «Stübli»?

ruuse, rousse, ruesse, Rüüss und rüss!

Ghöre eigetlech alli di Wörter, wo fasch glych töne und alli öppis mit «Lärme mache» bedüte, i ne glychi Wortfamilie yne? Es git es uralts germanischs Wort *rus-* oder *rüs-*, wo ds Ruure vom Löi so guet wi ds Schnarchle vo de Mönsche nachemacht und sech im italiänische *russare* (schnarchle) verewiget het. D Langobarde hei allemnaa chreftiger gschnarchlet als di wohlerzogene Römer. Im «Schwyzerdütsche Wörterbuech» heisst *rüüssig* und *ufrüüss* i der Innerschwyz «toube und aagriffsluschtig», aber o «mannstoll und wild». Und we mir bi mene Wettrenne albe grüeft hei: «Eis, zwöi, drü, rüss!», ghört das vilecht o da derzue? Oder chunt's würklech us der Zyt vom Napoleon und em Russezug vom Suworov und isch e Warnig gsi: Springet dervo, d Russe chöme! Les Russes!

Heisst ächt der majestätisch Fluss *Rüüss* mit sym ruuschige Wasser, wo scho vor der Schölleneschlucht höch ufsprützt und mängs hundert Kilometer wyter nördlech bim Zämefluss mit der Aare Wirble macht, wo me vo wytem cha beobachte, eso wäg sym Ruusche? Glungenerwys heisse ja im weschtleche Schwyzerdütsch es paar Wildbech eso. E «Stübli»-Fründ erzellt mer, er syg einisch über e Griespass i ds Pomatt gwanderet, und dert heig nen e alte Walser gfragt: «Bischt der Riiss naa uber cho?», und won är nid nachecho syg, heig er erklärt: «Ich meinen der Äginenriiss naa, weischt, mir sägensch hie wilden Wassren Riiss.» Und d Frou D. vo Utzestorf bsinnt sech, dass ire Vatter, wo bi Mälchnou ufgwachsen isch, albe we's gwitteret het, gseit het: «Me mues no go d Rüüssli uftue» oder: «Sy ächt d Rüüssli offe?», und dermit heig är d Abwuergrebli gmeint.

Im Weschte und Südweschte vom Bärnbiet seit me dene Grebli, wo me schreg dür di stotzige Wäge macht und mit emne Ladli oder emne schmale Balke stützt, *Ruus* oder *Rüüsli* oder *Rüüsi* – oder im Simmetal *Roos*. Dernäbe isch vo Saane über Spiez bis i ds Schwarzeburgerland e *Ruus* oder *Bachruus* es stotzigs Bachbett oder o e Bachlouf im Früelig, wo vil Gröll mit sech füert. Z Zwöisimme redt me vom *Simeroos*. Das isch der Damm us de grosse Steine, wo d Simme häregschwemmt het und wo me druff cha umegogere – im Dorf cha me sogar druff spaziere. Aber o der jährleche Putzete vo der Simme seit me Roos. Und ruuse heisst de o im ganze Gebiet es Rohr düreputze, vo de schrege Abwuergrebli zu de Wasserableitige uf em Land und i de Hüser – bis zu de Pfyfferuuser, emne zäh Santimeter länge Drähtli, wo me albe dür d Pfyffe zoge het, für d Tubakräschte und eventuellen andere Dräck us em Röhrli z chraaue.

Jitz git's o no ds Verb *rousse, umerousse*. D Chinder uf em Schuelhuusplatz mache's: mit vil Bbrüel und Lärme dasumerenne und däwä d Chraft usela, wo me i der Stund bim Brav-Dasitze so lang het müesse verha… Es gsamt-bärnischs, aber vorab stedtischs Wort.

Und schliesslech: Was mache d Trümeler z Basel a der Fasnacht? Sie *ruesse*. Und das heisst, si trümele Strass uuf Strass ab, Tag und Nacht, bis si vor Müedi fasch umgheie.

Mir Bärner wette bis üsem Wortschatz geng für ds Läbe gärn wüsse, weli Wörter zämeghöre und vo wo si eigetlech chöme. Ganz bsunders het sech da derfür o di amerikanischi Sippe vo der Familie Reusser us em Eriz interessiert. Si wette natürlech lieber nach der Wonig a mene wilde Fluss heisse, als wil e Vorfahr gschnarchlet het! Und das schynt mir würklech eso z sy – bsunders wil si vo öschtlech vo der Aare stamme. Der weschtlech Ruus und syni Ableger ghöre sicher zum dütsche Wort *Runse* und vo dert zu *rinnen.* Bim Wort *Rüüss* dergäge weis me gar nüüt vo den Ursprüng! Klar isch nume, dass sehr vil Wasserlöuf i der Schwyz irgendwo e *R* im Name hei: d Aare, d Rhone, der Rhy… «Panta rhei», het der Heraklit vor bald zwöiehalbtuuset Jahr gseit: Alles fliesst – o im Griechische het also ds Fliesse es R. Im Dütsche ghört ds Wort *Rohr* und *rauschen* i ne Wortfamilie «lautmalender Bildung ohne aussergerman. Beziehungen» (Kluge). Interessant isch derby, dass o ds späte Latinisch mit emne Diminativ *rivuscellus* (vo rivus, Bach), wo synersyts zum französische *ruisseau* und em italiänische *ruscello* gfüert het, di lutmalerischi Kombination vo *r* und *sch* zeigt wi ds dütsche rauschen. Es geit halt doch nüüt über Sprachmusik…

Ds bärndütsche *rousse,* «wildele», ghört sicher o i die Wortfamilie. Aber wie isch es mit em baslerische *ruesse* für ds Trümele? Da zweie sech d Meinige dütlech. Di einte Basler säge, natürlech ghöri das o da derzue, aber di andere bherte, es chöm tatsächlech vom Wort *Ruess.* Je yfriger nämlech so ne Trümeler sys Instrumänt bearbeiti, deschto schwerzer wärdi ds Fäll druff. Es ghör diräkt zum Leischtigsuswys vomene ächte Fäsnächtler, dass d Trummle zletscht ganz schwarz usgseht. Henu – eini vo myne Grostöchtere spilt Trumele bi de Kadette z Thun. Wuchelang wird hert güebt vor em «Usschiesset». Aber ds Fäll isch emel geng no rächt häll… Vilecht isch halt o das bi de Basler öppis ganz Einmaligs, Bsunders!

Der Sekretär

Vor dreine Wuche hei mer i der Schwyz drüber abgstimmt, öb mir meh Staatssekretäre bruuche als bis jitz. E Sekretär, das isch eine, wo emnen andere, syg's jitz e Chef oder e Vereinspresidänt, d Büez eso macht, dass der Chare wi vo sälber louft. Und wil er zu Diskretion (secretum) verpflichtet isch, heisst er äbe Sekretär – sit römische Zyte überall in Europa. Am Aafang isch ds Wichtigschte gsi, dass er gleitig het chönne schrybe, im Mittelalter het er müesse chönne stundelang loufe, und hütt söll er alls: organisiere, Fride stifte, aber o im richtige Ougeblick chönne zrüggsta und ysig schwyge…

Allemnaa het es müesse sy, dass mir, grad vor der Abstimmig, bim Ufruume d Biographie vo mym vierfache Urgrossvatter Christian Gottlob Heyne (1729–1812) i d Finger cho isch. Dert git's e Syte, won är sälber beschrybt, wie nam Wäggang vom Albrecht vo Haller di wichtigschti Organisation für wüsseschaftlechi Arbeit dennzumal in Dütschland, d Societät der Wissenschaften z Göttingen, e nöie Presidänt und e nöie Sekretär nötig het gha. Mi het ihn (1770) welle zum Presidänt mache, aber: «Ich übernahm das Secretariat, da ich wahrnahm, auf den Secretair komme das meiste an. Die Leitung der Geschäfte ist in seinen Händen. Und er kann ohne Anmassung, ohne es zu scheinen, die Seele der Societät werden. Aber er muss keinen Stolz und keine Jaktanz (Ke Drang zum Rede-Halte) besitzen.»

Wär isch dä Heyne gsi? (Mit em Dichter Heine het er nüüt z tüe.) Er stammt us nere muusarme Lynewäberfamilie im südleche Sachse. Me cha sech hütt nümm vorstelle, wie arm die Mönsche sy gsi. Jede Bitz Stoff, wo der Vatter gwobe het, hei d Chinder em Dorfhändler müesse ga verchoufe, und dä het so uf e Prys ddrückt, dass es chuum der Fade zalt het, vo der Arbeit nid z rede. Tagelang hei si eifach ghungeret, d Mueter und par Gschwüschterti sy wäggstorbe. Der Christian schrybt i syne Erinnerige, mängisch syg es nume «eine Wohltat der Umstände» gsi, dass är i där fürchterleche Armuet nid syg zum Verbrächer worde. Und är heig sech denn vorgno, er well einisch «ein Brutus (e Rächer) an allen den Unterdrückern der Armen» wärde! Er het speter o syni Gschwüschterti bis i ds höchen Alter geng understützt.

Das Bitzeli Schuel, won är het dörfe bsueche, het ne aber so gluschtig gmacht uf meh, dass er uf all Wys het probiert, meh z lehre, sehr zum Erger vom Vatter, wo ne als Gäldverdiener hätt nötig gha. Er het sech bi «bessere» Lüt als Privatlehrer für d Chind aabbotte und sech däwä geng wider chly Gäld verdienet, für höcheri Klasse chönne z bsueche. Schuelbüecher het er nie vermöge, also het er die vo de Kamerade znacht abgschribe, bevor er se als Chopfchüssi für paar Stunde Schlaf i mene Höfli bbruucht het. So het er sech ufeghungeret und ufegschaffet bis zum Bibliothekar z Dresde. Dert het er du sälber wichtigi Büecher über latinischi und griechischi Dichter chönne publiziere. Im Sibejärige Chrieg isch ihm der Staat geng wider der Lohn schuldig bblibe, und einisch isch ihm im ne Bombardemänt o alls verbrönnt. Du het er als Füfedryssgjärige e Ruef als Altphilolog und Pädagog a d Universität vo Göttinge übercho und sech du dert z grächtem chönne etabliere. Er het e grosse Name als Wüsseschafter, als Lehrer und als Kulturtreger übercho. Sibezg bis achzg Studänte syge geng i syne Seminar gsässe. Er het o gueti kommentierti Usgabe vo antike Schriftsteller useggä.

Für mi isch der Christian Gottlob Heyne e wichtige Maa – nid als Altphilolog und o nid als Vorfahr. Er isch es grossartigs Byschpil vo mene Mönsch, wo ganz us sich use, ganz alei, e risigi Leischtig a Arbeit, aber o a Mönschlechkeit het chönne ybringe. Er isch eis von dene grosse Liechter im «siècle des lumières», wo mir ihm d Idee vo de Mönscherächt verdanke. Uf ihn passt der Värs vom Kurt Marti:

Mer fahre
de Vorfahre
ou we mer vorfahre
nache.

Zrügg zum Sekretär: Glungenerwys isch ja das nid nume e Bruefsname, sondern o nes Möbel! Hütt zwar ender es antiks, aber geng no es schöns und begährts.

Zur Zyt vom Heyne isch es erfunde worde. 1765 wird's in Frankrych zerschtmal schriftlech erwähnt. Der Sekretär ghört zu däne französische Möbel, wo vom 18. Jahrhundert aa der ganze Wält, emel dere, wo Gäld het gha, e nöie Wohnstil hei ermüglechet. D Gumode (1705), d Chaiselongue, ds Guéridon erobere, wi paar Jahrhundert vorhär ds Buffet und der Fauteuil, di europäische Fürschtehöf und Herehüser. Ds alte Möbel mit em germanische Name Trog oder Truhe wanderet i Gang oder i Schopf. Blybe tüe us em germanische Wortschatz nume ds Bett (wo am *Bode* steit), der Stuel (er isch uf*gstellt*) und der Schaft (wo d Sache dinn sy für ds *Schaffe*). Alli di französische Möbel hei glunge luschtigi Näme: Ds Buffet macht pf- bim Uf- und Zuetue, d Gumode isch mit irne Schublade vil kumoder als der Trog, ds Guéridon mahnt a Refrain vo mene Theaterliedli, wo ne Lampediener söll gsunge ha: O gué, o gué, laridon…

Jä und de der Sekretär, das Kombimöbel mit de Schublade für d Wösch unde und em Lade zum Schrybe obe? Dä isch sicher für gebildeti Froue bbouet worde, wi's im 18. Jahrhundert o bi üüs mängi ggä het. D Manne sy bim Schrybe ender gstande, a mene Pult mit länge Bei. Aber d Froue sitze uf emne grade Stuel. Si klappe der Lade vom Sekretär abe und reiche i eim vo de chlyne innere Schublädli ds Schrybzüüg füre. I den andere hei si der Schmuck versorget und derhinder vilecht sogar gheimi Liebesbriefe. Jaja, das Dixhuitième…

We me em Rousseau syni «Confessions» list, entdeckt me gly einisch, dass denn die gebildete Dame vo der haute volée sech hei Sekretär-Jünglinge ghalte und se halt no für meh hei bbruucht als nume für z schrybe. Und o wenn dennzmal d Sitte emel i der Eh vil freier sy gsi als speter, so het vilecht mänge Monsieur gfunde, e Sekretär us Holz wär ihm daheim lieber als e läbige. Und drum het er syr Frou e schöne, ygleite, nussboumige gschänkt, und si het merci gseit und sech überleit, was si ächt ihm müesst schänke, für dass är meh daheime bliib… Und so het sech das schöne Möbel vo Mueter zu Tochter über d Jahrhundert vererbt. Würdig und bescheide steit es a der Wohnstubewand und mahnt is wi der Kurt Marti:

Mer fahre
de Nachfahre
ou we si vorfahre
vor.

sinne und sech bsinne

E Fründin het is us em Ämmetal der bärndütsch Konfirmationsspruch vo irem Göttibueb bbracht. Sy Pfarrer het e paar Värse us em schöne 13. Kapitel vom 1. Korintherbrief (em Kapitel vo der Liebi) i oberämmetalischs Bärndütsch übersetzt und uf d Konfirmationsschyne gschribe. I ha Fröid gha dranne – grad o wil's echly anders tönt het als üsi Übersetzig! Aber a eim Wort bin i ebstoche, und das liferet mer jitz e ganze «Stübli»-Artikel.

E Teil vom länge Värs 5 het der Pfarrer so übersetzt: «D Liebi het der Sinn für ds rächte u gsunge Määs. Ds

Bsunne-Sy laat si nid verlore ga.» Was heisst das hie, das «Bsunne-Sy»? Der Paulus seit i däm Värs vo der Liebi: «Si gratet nie us der Fassig» oder: «Si lat sech nid la vertöube». Es isch eidütig gmeint, si tüej nie d Kontrolle verlüüre und i Wuet grate. Der Pfarrer het sicher di vile bärndütsche gfüelgladene Usdrück für ds Wüetigwärde welle vermyde: E Konfirmationsspruch isch schliesslech ke Blitzableiter für üsi Töubine. Er het o a d Stell vo öppis Negativem öppis Positivs welle setze. Und du isch ihm ds hochdütsche Wort Besonnenheit i Sinn cho, und wil's das uf bärndütsch nit git, aber «sech bsinne» guet bärndütsch isch, het er es Houptwort «Bsunne-Sy» erdänkt und ygsetzt. Isch das erloubt? Wei mer das einisch ernüüsle?

Ds Verb *bsinne* isch zämegsetzt us *be-* und em Grundverb *sinne*. I ha als Schuelmeitschi e Fründin vo Frutige gha, wo mer albe uf em Schuelwäg gwartet het und de gseit het: «I ha gsinet, du cheemsch no.» Gsinet mit eim -n- und i däm schöne Frutigdütsch, wo geng tönt het wi nes Liedli – es lyt mer no jitz i den Ohre. Sinne isch es alts dütsches Wort, wo bi üüs, emel i teilne Gägete, no vil bbruucht wird. Es heisst eigetlech ds glyche wi dänke, aber es isch, wi sys Houptwort «Sinn», vilfältiger und umfasst der ganz Mönsch mit Gfüel, Seel und Geischt.

Am beschte gspürt me das vilecht bi mene Satz us der bärndütsche Übersetzig vom Nöie Teschtamänt. Am Änd vo der Wienachtsgschicht (Lukas 2, 19) het der Luther übersetzt: Maria aber behielt alle diese Worte und bewegte sie in ihrem Herzen. Är het dert es troches griechischs «erwog, überdachte» mit em ryche altdütsche Wort «bewegte» widerggä und dermit nid nume der Verstand, nei o alli innere Chreft vo der Maria mit ynegno. Das hätte mir o uf bärndütsch gärn welle. Aber mit «bewege» wär's nid ggange. O mit «drann umedänke» nid, bsunders wil hütt ja niemer meh cha säge, me dänki mit em Härz. Ändlech isch is der Duume i d Hand gfalle: «Sinne»! Das Wort isch i der Stadt zwar lengschtens us der Mode, nume «sinniere» isch bblibe; o uf em Land ghört me's geng sältener – aber alli gchenne's no. Und so heisst's jitz i üser Übersetzig: «D Maria het alls, wo gscheh isch, im Härz bhalte und geng wider drann ume gsinnet.»

D Zämesetzige vo däm Verb sy allgemein vil läbiger und bekannter bblibe als sinne sälber: sech bsinne, öppisem nachesinne, öppis ersinne, sech fasch hindersinne, und d Partizipforme: usbsunne, bsinnt und ungsinnet. Am wichtigschte isch für ds Bärndütsche «sech bsinne», wo nid nume ds hochdütsche Wort «sich erinnern» ganz ersetzt, nei o cha bedüte: sech überlege, nachedänke, öppe we me emne Chind seit: Bsinn di, was d machsch, oder we me vo mene bsinnte Mönsch redt, wo nid unüberleit i öppis drygumpet, oder umgchehrt vo nere dumme, unbsinnete Tat.

Im Sinn vo «sich erinnern» isch bsinne wi gseit unersetzlech im Bärndütsch, so, dass mer sogar es Houptwort gmacht hei: «I ha der's doch schon mängisch gseit. Wo hesch o dys Bsinndi?» Das isch es familiärs Wort wi Schämdi («Die het o gar kes Schämdi!») und ursprünglech eifach e Befählsform: Bsinn di! Schäm di! Aber jitz wird's plötzlech kompliziert: D Vergangeheit vo bsinne heisst hüttztags bi üüs nume: «I ha mi bsunne.» Me seit o: «Jitz isch usbsunne!», also luter sogenannt starchi Forme. Es «Bsunne-Sy» wi im Konfirmationsspruch han i aber myr Läbtig no nie ghört. Derby mues men eis gseh: Vili dütschi Tuewörter hei sit alters schwachi und starchi Forme. Hochdütsch öppe gesinnt näbe gesonnen, bewegt näbe bewogen, erschreckt näbe erschrocken.

Jitz ghören i scho alli Läser und Fründe vom unvergässene Dr. Hans Sommer mit syne «Unser Deutsch»-Artikle ufjöuke: «Jä halt! Da het's doch Underschide i der Bedütig: Mi seit: Ich habe erschreckt, aber: ich bin erschrocken; etwas hat sich bewegt, aber: das hat den Vater bewogen, ich bin ihm wohlgesinnt, aber: er hat auf Schlimmes gesonnen.» Ja, äbe: So tuet de albe d Sprach ihre Rychtum hindedry ufruume und schublädle, mängisch spontan, mängisch mit Hilf vo de Lehrer und de Grammatiker, grad wi ne Husfrou, wo d Chuchi vo irnen Eltere zu irer eigete zueche erbt, mues ufruume und seit: Dä Schnitzer bruuchen i vo jitz aa nume für d Zibele und dä nume für ds Obscht. Und so het sech nid nume im Hochdütsch, nei o bi üüs e gwüssi Ornig düregsetzt (ohni Duden!): Bim eifache Verb sinne het ds schwache Partizip d Oberhand übercho: I ha gsinnet. Er isch ungsinnet cho. Bi bsinne isch es anders: I der Vergangeheit säge mer nume: I ha mi bsunne. Aber we ds Partizip zumene Eigeschafts- oder Umstandswort isch worde, seit me bsinnt – und unbsinnt oder unbsinnet. «(Für e Major) wär men unbsinnet dür ds Füür», seit der Peter i der Veteranezyt vom Tavel. Bi beidne Wörter lyt nid d Bedütig «sich erinnern» sondern «sich überlegen» z Grund.

Irgetwie isch da ds Houpt- und Grundwort «Sinn» no chreftiger als bi: «I ha mi bsunne.» Und das Houptwort hei mir äbe – i ha's am Aafang scho gseit und cha dermit zum Schluss cho – im Bärndütsch syr Ganzheit twäge bsunders gärn: Es chunt is vil z Sinn; was hesch im Sinn? Im Meie isch's so heiss gsi, mi isch mängisch fasch vo Sinn cho – und jitz isch me mängisch Sinns, me syg im Horner – luter Usdrück mit däm Wort, wo's nume no bi üüs git und wo mir gärn hei, wil si zeige, dass ds Dänke für e Bärner meh isch als e Computer-Analyse.

Aber «bsunne-sy»? Nei. I tät für dä Värs 5 vorschla: «Si (d Liebi) het e bsinnti Art», we mer scho ds Wort Bsinne wei drynä.

Stägeli uuf, Stägeli ab

D Stäge! Isch das architektonisch nid fasch der interessantischt Boukörper imene Huus, eine, wo zsäges dür d Luft düre d Stockwärch zäme verbindet; eine, wo mit emne merkwürdige Glychgwicht meh sich sälber treit, als dass er uf de Syte ghalte wird? Allerdings: E sytlechi Verankerig bruucht's uf all Fäll, und dass me die sit Jahrhunderte ärnscht gno het, zeigt scho ds Wort Stägehuus, wo me no hütt öppe ghört: Me het d Stäge ussen am Huus dür nen eigete Aabou gschützt. Mängisch het me de o no grad der Abee dert inne versorget. Drum cha ja o d Frou Dittliger z Chilchdorf voll Verachtig vom Nachbarschlössli säge: «E donjon! Me merkt vo wytem, was i däm donjon isch. Anderswo seit me däm e Hüsliturm!» (R. v. Tavel, «Am Kaminfüür»).

Umgchehrt isch d Stäge kes bsunders interessants Wort. Jede cha sech dänke, dass es mit styge zämeghört. Me weis, dass me bis wyt i ds Dütschen yne Stege oder Stiege seit und dass ds Wort Treppe sech ersch nach em Luther het chönne düresetze. Und doch – wi geng wird es Wort descht interessanter, je meh me drann umegrüblet.

Het zum Byschpil ds Wort Stäg öppis mit der Stäge z tüe? I ha geng gmeint, er heissi so, wil me früecher Leiterli bbruucht heig für über ne Bach z cho. Aber nei: Schynt's chunt ds Wort dervo här, wil der Stäg vilfach amene stotzige Port aagmacht isch, wo me zersch drann mues ufegogere, we me drüber wott. Gogere: i chönnt o *stägere* säge, und de ghört me's grad där Ändsilben aa, wi vil müesami Schritte so öppis bruucht, grad wi ds Chlättere o!

Anderi Sprachforscher säge: Nei, bi der Stäge und bim Stäg mues me beidi Mal d Bei wyt spanne für ufe oder übere z cho. Mir rede ja o vom Hushaltigsstäg, we mer e Bire a der Dili wei yschrube oder e Spinnhuppele abemache. E Stäg überwindet en Abstand, wo d Bei nid läng gnue sy für ds «Steigen».

Jä und de ds *Stägli* bim Sockelisme? Im nöischte Buech vom Ernst Burren chunt es herrlechs Prosagedicht über ds Sockelisme vor. Är verglycht's mit sym Dichte. Öppis z schaffe, «wo de do isch», cha wichtiger sy, als dass me grad weis, für wän me's macht – für das Gedicht alei lohnt sech's scho das herrleche Büechli z choufe. («Dr Löi vo Floränz». Zytglogge

Verlag.) O i lisme für ds Läbe gärn Socke, es isch nid rentabel, aber so ne gäbige moralische Freispruch, we men e Fernsehkrimi luegt oder öpper Chniepigem mues zuelose. Ds Stägli isch bim Sockelisme ds erschte grade Stück a der Färsere, bevor me se de mit em raffinierte Chäppli em Fürfuess zue länkt. O hie überwindet ds Stägli der Abstand zwüschem Rohr und der Fuessete. Der Stäg a moderne Hose isch es Stoffbrüggli under em Fuess düre, und der Stäg bi der Gyge spannet d Saite höch über em Holz.

Jä – und de der Stägreif? Das isch der früecher Usdruck für e Steigbügel, wo eim hilft, uf ds Ross ufzstyge, e Metallreif amene Rieme. Wen e Chriegsfüerer i der Schlacht öppis «us em Stägreif» befole het, so isch er no nid uf em Ross abgsässe – es hat also heidemässig pressiert. Hüttztags sött me us em Stägreif chönne rede – schlagfertig sy –, und das isch e Chunscht, wo de wenigschte Bärner ligt! Mir süüfzge ender über üse «esprit d'escalier», won is di beschte Antworte ersch z Sinn chöme, we mer d Stägen ab und scho fasch wider daheime sy.

Es git e Huuffe luschtigi Värsli, wo d Stäge vorchunt. «Stägeli uuf, Stägeli ab, choufet mer ou es Bäseli ab!» süüfzget der Husierer und «Stägeli uuf, Stägeli ab, niemer seit mer guete Tag» der Chilter. Bsunders guet gfallt mer di Husfrouenerfahrig, wo me so guet uf d Politiker und d Bankmanager cha aawände: «We me d Stäge wüscht, mues men oben aafa!»

Und zum Schluss no öppis: Wiso hei ächt alli alte Bibelübersetzer bim Troum vom Jakob (1. Mose 28, 12) vo der Leitere gredt, wo der Jakob d Ängle het druff gseh uf- und abstyge? Wär e Stäge nid nume vil gäbiger für di Ängle, sondern o vil ds schönere Bild, we's scho um d Verbindig vo Himel und Ärde geit? Und tatsächlech: Im hebräische Urtägscht isch vo ufenand bbouete Steistuefe d Red und i der erschte griechische Übersetzig vo nere feschtbbouete Stäge! Und so übersetze's jitz o di meischte moderne Bible. Wi sy de der Luther und der Zwingli – beidi unabhängig vonenand! – uf das Wort Leitere cho? Da mues me, wi no mängisch bi katholisch gschuelete Lüt, di alti latinischi Bibelübersetzig, d Vulgata, z Hilf nä. Dert heisst es nämlech, di Stäge syg uf der Ärde gstande (scalam stantem super terram). E Leitere steit, e Stäge steit nid. We jitz no d Vorstellig derzue chunt, dass der lieb Gott oben isch und d Leitere bi sich a Himel aastellt, de begryfft men üsi beide reformatorische Urvätter. Aber isch es nid vil schöner, sech vorzstelle, Gott boui e solidi Stäge zwüsche de Mönschen und ihm und fang dermit ersch no bi üüs unde aa! So müesse weder d Ängle no mir müesam vo Seigel zu Seigel hangle, nei: Me darf ganz fyn und liecht ufen und abe loufe – o we's meischtens e Troum bruucht derzue.

Ds Wort Leitere isch übrigens vo der Sprachfamilie här verwandt mit em Wort *lähne,* es isch es Möbel, wo sech a ne Wand, a ne Boum lähnt, wäret d Stäge glychsam sich sälber stützt und iri Stägetritte sälber ufetreit, so dass me fescht druff cha abtrappe (Treppe). Ds latinische *scala* widerum ghört zum Verb scandere, «steigen». Es het em Französische nid nume ds Wort descendre und ascendre, sondern o escalier und échelle gliferet – vo der italiänische Scala ganz abgseh!

tifig, hantli, hurtigschwind…

We me sälber ender echly langsam isch und sech o zumene Mönscheschlag zellt, wo nie gärn pressiert het, de isch es eigetlech glunge, wi starch eim d Wörter rund um d Gschwindigkeit interessiere. I ha sälber nie gärn pressiert – und vilecht grad drum geng ds Gfüel gha, i chömi z spät, und de gjuflet, für nache z möge. Wi mängisch, no hütt, ghören i der Spruch: «Nid jufle, Froueli!», wen i ds Gäld fürechraaue für e Trambillet-Automat und de pressiere, für yzstyge. I beobachte a mir sälber mit gröschtem «Unbehage», wi me als alt geng haschtiger und geng pressierter wird vor luter Angscht, me syg z langsam.

Derby gälte äbe o mir Bärner als usgesproche langsam. Aber mir pflege das Imitsch o und tüen is fei öppis z guet druuf. «Gring abe u seckle» – das gilt höchschtens für nes Wettrenne! «Mir bsinnen is no, we di andere d Chalberei scho gmacht hei» – das isch eine vo üsne Lieblingssprüch. Isch es de nid eigetlech glunge, wie vil Wörter mir bruuche, für d Gschwindigkeit uszdrücke – und wie positiv die alli töne?

gschwind, gleitig, hurti(g), hantli, strässig, tifig, schnäll – weles gfallt ech am beschte? Sicher tifig: «Es cha für alls mügleche sta, öppe für gwandt und gschickt bi der Arbeit, ufgweckt, intelligänt, findig und gwirbig. Mit Blick uf e Charakter bedütet's zueverlässig, flyssig, munter, flingg», so het's der Dr. Hans Sommer i mene «Stübli»-Artikel vo 1981 definiert. Also en Art Wunderwort, wo aber sicher d Idee vom Tämpo dominiert. I ha früecher geng gmeint, es syg us em Rotwälsch über d Buebesprach i ds Bärndütsch ynegrütscht, aber bewahre! Es isch vil elter und vil verbreiteter i der ganze Schwyz, als i je ddänkt hätt! Scho i der Reformationszyt chunt's vor im Fries-Wörterbuech (1541), de no mit sym Gägeteil: «Untyffig: nit gschwind und listig, ungescheyd»; und i mene andere Wörterbuech vo mene Pfarrer Maaler vo 1561 (was mieche mir Wörtligrübler eigetlech ohni d Pfärer vo früecher und d Lehrer vo hütt?) finde mer's. Es git en indogermanischi Wurzle *Dhabh* (Pokorny), wo der Etymolog Kluge o ds dütsche *deftig* dervo ableitet. O ds latinische *faber* stammt dervo ab und vilecht ds bärndütsche *tüftele* äbefalls. Und äbe *tifig.*

Früecher het me vil o ds Wort *hurti(g)* ghört. Oder uf em Land no meh: *hurtigschwing.* Sicher tönt no mängem vo üüs der erscht Satz us Schillers «Wilhelm Tell» i den Ohre: «Mach hurtig, Jenni, zieh di Naue ein!» Daheime hei mir's vil bbruucht. Hütt isch es am Verschwinde. Zämehange tuet das Wort mit em französische heurter, «zämeputsche». Es chunt us der Turniersprach: Eine, wo tifig Schleg usteilt und pariert, isch uf hochdütsch e «Schlagfertige» und im alemannische Sprachruum äben e Hurtige.

Ds Wort *gleitig* het bis hütt besser überläbt als hurti, trotzdäm me ganz unwillkürlech a öppis, wo «gleitet», dänkt – und das so gar nid bärndütsch tönt. Gleitig ghört aber zum Verb *leite,* nid zu *gleite.* Me het's allwä zersch vo Hustier bbruucht. Es Ross, wo sech gäbig lat la leite, versuumt eim nid, de geit's äbe gleitig. Im Chilt-Liedli vom G. J. Kuhn chüschelet ds Eisi sym Chilter zue: «Benzi, gang mer ab der Byge, los, der

Ringgi bället scho. We mer jitz nid gleitig schwyge, chönnt is ds Müeti drüber cho!» Und der Bänz antwortet: «Mira syg dys Müeti da! Was het äs da drüber z gränne? ’s het der Att o ihegla!»

Hantli chunt, gnau wie gleitig, scho im Mittelhochdütsche vor. Mit öppis, wo eim guet i der Hand lyt, cha me tifig schaffe. Derzue gä d Händ no gärn i der Sprach Bilder ab für d Gwirbigi und Tifigi: Me het d Hand am Arm, es louft eim vo der Hand, me macht öppis us em Handglänk, es geit im Handchehrum. Allerdings: We der Gotthälf vo mene «hantlich Weib» redt, meint er nid, di Frou lig öpperem gäbig i der Hand, sondern si heig sälber d Hand am Arm und wüss sech z chehre.

Ganz am Verschwinde isch ds Wort *strässig*. Am erschte Schueltag het der Chlyn «schi nid emol a der Hang welle lo füere u isch strässig afo loufe», erzellt der Gfeller («Drätti, Müeti u der Chlyn»), und d Dora Liechti («Uf Bärner Bode»): «Ds junge Gficht isch no strässig aagrückt», nämlech d Chinder, wo d Zigüner cho sy. Eigetlech bedütet’s: no uf der Strass, bevor me Zyt het gha, i ds Huus z ga.

Gschwind geit zrügg uf nes althochdütsches Wort *swint,* wo «chreftig, guet und starch» bedutet het. Di eltere vo üüs bsinne sech vilecht no a d Amalaswinta im Roman «Ein Kampf um Rom», «die Kräftige aus dem Stamm der Amalungen». Hütt dunkt’s mi, o das Wort verschwindi süferli us üsem Wortschatz. Bruucht amänd di müesami Konsonante-Hüüffig *gschw-* zvil Zyt für nes Wort, wo ds Tämpo söll usdrücke? Oder wird’s eifach vom Wort *schnäll* a d Wand ddrückt? Als Chinder hei mir no nid dörfe «schnäll» säge! Das syg

Hochdütsch und nüüt für Bärner, het's gheisse daheime. Derby säge mir doch, e Hund schnelli eim i d Bei oder o er mach e Schnall. Hei's d Stadtbärner gschoche, wil d Ussprach *schnäu* verpönt isch gsi? Weder bim Gotthälf no bim Tavel findet me das Wort, und im «Schwyzerdütsche Wörterbuech» heisst's under 2: «wesentlich wie neuhochdeutsch; doch nicht überall bodenständig». Henu – hütt, wo schliesslech d Schnälligkeit nid nume im Sport, nei o im tägleche (Bruefs-)Läbe geng meh Gwicht überchunt (oder isch das es lätzes Bild? Gwicht und Tifigi sy ja Gägesätz), setzt sech o das Wort geng meh düre. Mer wei aber zu den andere Tämpowörter doch no chly Sorg ha, si verdiene's, wil si zu üüs ghöre, bsunders ds Wort *tifig!*

Töff – der, die, das?

Pardon, dihr fahret Töff. Wie säget dihr: der Töff oder ds Töff? – «Ig? I säge doch myr Yamaha nid Töff, das isch äben e Yamaha!» – Da hei mer's. Das Möbel isch hüttztags wyblech! Je stercher, descht wyblecher! Chunt das dervo, wil es e Maschine isch? Oder e wichtigi Margge? Oder wil's eim trotz syr Chraft eso schön folget? Oder… pardon, i wott nid aazüglech wärde. Und wäg em grammatische Gschlächt vom Wort *Töff* isch gloub hütt o klar: Me ghört nume no *der* Töff.

Ds Wort sälber isch hütt voll etabliert i der Schwyz, o im Schwyzerhochdütsch. I ha chönne beobachte, wi i üsem Thuner Amtsaazeiger i de sibezger Jahr ds Wort Töffli isch zu Ehre cho. Da het's im Früelig albe gheisse: Die «Ausweise für Motorfahrräder» müess me dert u dert bezie. Im Jahr druuf isch gschribe gsi: «die Ausweise für Motorfahrräder (Töffli)». Und 1982 du dütlech nume no: «die Ausweise für Töffli». Für ds Wort Töff hingäge gilt offiziell geng wi geng Motorrad – es Wort, wo im Dialäkt nie existiert het. I bsinne mi gnau, wie my Unggle i de zwänzger Jahr Tag für Tag, Winters u Summers mit sym Töff vom Heimbärg nach Bärn a d Arbeit gfahren isch (notabene no uf Naturstrass). Mir hätte aber nie Töff gseit, sondern Motorvelo. O der Tavel bruucht ds Wort Töff no nid. I syr Gschicht «Der Möisischlag» (1925) chunt der verliebt Lopi vor, wo sy Hortense zu mene Fahri über Land yladet. Si «lachet yschchalt us irne schöne grauen Ouge... wo si antwortet: ‹Uf öier Baggermaschine? Hindenuff wie nes gstoles Bratis? M-m!›» O der Spruch: «Jede Möff het es Töff, jede Lööli es Outööli» cha ersch so rächt änds zwänzger Jahr ufcho sy – vorhär hätt er ja o nid gstumme!

Ds Wort stammet us em Französische. Es isch rein lutmalerisch. Ds Dictionnaire Larousse bringt 1907 zerschtmal ds Wort «teuf-teuf: Bruit que fait un moteur à explosion; automobile à pétrole». Di Doppelsilbe mit der Bedütig «kleines Auto» chunt de o nach Süddütschland. Aber i der eifache Form *Töff* und mit der Bedütig «Motorrad» etabliert es sech nume i der Schwyz. Derfür wie gseit definitiv. D Frag blybt nume: Seit me *ds* Töff oder *der* Töff?

D Antwort isch klar: Am Aafang het's *ds* Töff gheisse. Nid numen ig altmodischi Tante (ohni Töff) sägen eso. Der Profässer Roland Ris schrybt mer, i sym hundertfüfzgtuuset Zedel dicke Zedelchaschte vo der bärndütsche Literatur syg der erscht Beleg sächlech (1925 vom Jakob Howald: «Meielis Verlobung») und der zwöit vo Luzärn 1928 äbefalls.

Hütt seit me glouben i nume no *der* Töff. Wil di Bütti es Männlechkeitssymbol par excellence isch? Aber wi isch's de mit em Outo? Das isch doch sächlech bblibe. Oder isch da amänd hindedry en Yfluss vom andere Wort Töff, wo me hütt nümme ghört?

«I gchenne der Töff» – das het me früecher gseit, für aazdüte, me wüss, wie ne Betrib funktioniert – öppe bi nere nöie Stell oder we's um ne schwirigi Familie-Situation ggangen isch. Das Wort cha ke Zämehang ha mit üsem Motorradwort. Ender mit em Verb *töffle,* wo hütt o verschwunden isch. Der Emil Günter i syr Gschicht vom Napolion und vom Chräjebüel (1912: «Järbsyte Peters Gschichtli») bruucht's no bi der Hürat vom Napoleon und der Öschtrycherin Marie-Luise: «Der Habsburgertrümel u d Habsburgernase hei ne scho chly gschiniert, aber... si i die Familien y-z-wybe, won er sit vilne Jahre gäng töfflet het, isch ganz bsunderbar aamächelig gsi für ihn.» Hütt seit me em Töffle «Mobbing»!

Schliesslech git's im letschte Jahrhundert z Bärn o *der Töff* oder *Töffel,* wo ne Lööl bedütet (der Greyerz erwähnt das Wort no, bim Gotthälf chunt's o vor). Vermuetlech isch's e Verformig vo Christoph oder vo Adolf, und di abwärtendi Bedütig kenne mer ja o vo anderne Näme: Du bisch mer e Joggi (Jakob) oder es Baabi (Barbara).

Wie di drü Wörter Töff, töffle und Töffel underenand zämehange, isch hütt fasch nümme uszmache. Eis isch sicher. Si sy wäg em nöie Wort *Töff* für Motorrad hütt ganz verschwunde. Umso meh lohnt es sech, zu däm Sorg z ha – männlech, wyblech oder sächlech!

tscheps, Tschäber und tschepfe

Vor paarne Wuche sy mer im «Stübli» em Wort Tschebel begägnet. So säge d Dütsch-Walliser de Bei vo de Tier, aber o vo de Mönsche, we si echly grob rede – also öppe denn, we mir z Bärn ds Wort Scheiche bruuche. I ha du e Brief vo Meiringe übercho, wo mer der Herr D. schrybt, o im Haslital wärdi «Tschebel» bbruucht (Mehrzahl Tscheble). Es syg nid emal es bsunders grobs Wort, me chönn guet säge: «Das Meiteli het härzigi Tschebelteni.»

Mir isch das Wort i kem vo myne Hasli-Sprachbüecher begägnet, weder im Wörterbüechli vom Hopf no i däm vom Gysler, weder im gwichtige Buech vom Profässer Glatthard («Dialektologisch-volkskundliche Probleme im Oberhasli») no i de Gedicht vom Fritz Ringgenberg. O my sprachsicheri Schwigertochter vo Meiringe und der Kolleg vo Guettanne hei's nie ghört. Sicher isch das Wort über d Grimsel i ds Bärnbiet ygwanderet, aber allemnaa het es sech nume ganz punktwys chönne feschtsetze.

Im Wallis git's hingäge nid nume ds Houptwort, nei o ds Verb. Grad wi mir öppe scheichle säge, säge si tscheble. I syne Gedicht «Verimbrüüf und imbri» dichtet der Hannes Taugwalder i schönem Zermatterdütsch:

Di Geiss, di Geiss, di Geiss.
Grind an Grind, und Horu an Horu.
Trichjund, tschebjund, gaglund,
trottunsch froh durs Derfje üs.

Ja, das mahnt eim a di Zyte, wo d Zermatter iri eigete Geisse no am Aabe hei dür ds Dorf la zie, und de hei si gglöggelet und sy gscheichlet und hei ggägelet! Hütt mietet me z Zermatt e Geisshärde us em Tal unde, für de Frömden echly Folklore z biete.

Vo wo ds Wort Tschebel chunt, weis me nid sicher. Vil Forscher gseh e Zämehang mit latinisch scabellum, das heisst Staballe mit irne schiefe Bei. Anderi sueche ender e lutmalerische Ursprung. Sicher git's o irget e Zämehang mit anderne Wörter, wo d Silbe tscheb oder tschäb hei und schief oder schreg oder chrumm bedüte. Da isch öppe ds Wort tschäb im Graubünde und Wallis, wo me bi chrumme Steidecher, bi verzworgglete Bielistile oder bi schiligen Ouge bruucht, aber o öppe bi fyschtere, uheimeligen Orte.

I sälber bsinne mi a ds Wort tscheps für schief. My Mueter het's hie und da bbruucht: Du loufsch ganz tscheps mit dynen abtrappeten Absätz. Es chunt o im Bödellitüütsch-Buech vom Gustav Ritschard vor. Vilecht het's my Mueter vom Beatebärg gha, wo si ufgwachsen isch.

Aber o üsi Familiefründin vo Basel hätt's chönne i d Familie bringe. Lut der Baseldytsch-Sammlig vom Fridolin seit me dert aber ender schebs. Beidi chan i leider nümme ga frage.

Aber es Wort gchennen i no sicher und di meischte vo öich sicher o, und das isch der Tschäber – der Name für ne Huet, wo nümm grad nöi, echly verbbület und abtreit isch, aber wo me geng no müglechscht fräch schreg über den Ouge oder «uf Durscht» treit. D Verchlynerigsform Tschäbi het me de für nes Frouehüetli mit emne chlyne Rand gseit, es isch vilecht nid so flach gsi wi ds Schirbi, aber äbeso alt und äbeso unentbehrlech, für uf e Märit z ga. Hütt treit fasch niemer meh e Huet, höchschtens no, we's rägnet oder we me gärn echly wett uffalle. De empfilt sech so nes schwarzes Zwüscheding us Herehuet und Madame-de-Meuron-Cloche, aber sicher kes Tschäbi.

Hanget ds Wort Tschäber mit tscheps zäme, wil beidi «schreg» sy? Oder ghört's wi der Tschäppel, ender i d Wortfamilie vo französisch chapeau, italiänisch cappello? Und isch d Idee, der Tschäber mües geng echly schief ufsitze, scho im Wort inn oder ersch hindedry derzuecho? Der Christian Schmid het's i sym vorletschte «Stübli» gseit: Bi de Wörter, wi überall, isch eifach meischtens faltsch, und kompliziert isch richtig.

No nes anders bärndütsches Wort mahnt mi a tscheps, nämlech tschepfe. Wär vo üüs gchennt's und bruucht's no? Am schönschte het das Wort der Gründer vom «Stübli» im «Bund», der ehemalig Chefredakter Ernst Schürch, beschribe: «Es git im Kapitel ‹loufe› es Wort, wo ds Stadtbärnerdütsch het gliferet: tschepfe. Ghöret der d Pfadi d Louben ab tschepfe? Isch das nid gnau der Ton vo mene Tschüppli Buebe, wo im Takt über en Asphalt marschiere? Der Schritt chlepft, aber er rütscht o chly: er tschepft. Das isch üsne Junge vom

Ohr uf d Zünge grütscht» («Häb Sorg zum Schwyzerdütsch» 1944). Im hüttige junge Stadtbärndütsch isch das Wort verschwunde. I finde's weder im «Kiosk ar Eigernordwand» vo der Frou Gruner, no han i's je bi myne Junge ghört. Aber mym Maa und mir isch es no ganz glöufig, wen o nume passiv. Mir hei äbe üsi Tschepfi-Zyt hinder is und chöme süferli i ds Gnoppi-Alter.

Z Basel, wo me scheps het gseit (oder no seit?), isch i der Buebesprach druus schibis worde, und das het de bedütet: kabutt, nümme z bruuche. Ob und wi wyt alli di Wörter zum glyche Wortstamm ghöre, chan i nid ernüüsle. Numen eis isch sicher: Tschärbis ghört nid derzue. Das isch es anders uralts Wort für schief und chunt vo schäri-wys, das heisst schreg wi nen offeni Schäri. Der Otto vo Greyerz het einisch e schöni Sprachpille drüber gschribe.

Hütt sy alli di Wörter am Verschwinde – sicher drum, wil's geng weniger schregi, windschi, waggeligi Hüser, Muure, Spilsache und Mönschebei git. Alls isch hütt so fadegrad und fählerlos. Mir wei säge: gottlob! Aber öppis Heimeligs, emel sprachlech, geit derby halt doch verlore.

D Frou Sherlock Holmes bim Tüntle

Nüüt interessiert d Bärner eso, wi vo wo üsi Wörter chöme! We me so Wortspure nachegeit, chunt me sech mängisch vor wi ne Sherlock Holmes – mit em Underschid, dass men am Schluss nie so styff und fescht cha bherte, so und nid anders müess es ggange sy. Bi mene Wort loufe äbe mängisch meh Fäde zäme weder bimene Mord, und no ersch settigi, wo niene meh gryffbar sy.

Wi der Sherlock Holmes bin i mer also vorcho, won i i de letschte Wuche emene Wort nacheggange bi, wo mi verschideni Bärner Froue dernaa gfragt hei: Vo wo chunt ds Wort tüntle? Tüntle bedütet Schnüer oder Kordle flächte, und zwar nume vo Hand, oder mit de Finger hääggle: Linggs zwüsche Duume und Zeigfinger e Schlick mache, mit em rächte Duume und Zeigfinger ds Garn dürezie, fescht aazie, de rächts der Schlick und mit de lingge Finger dürezie und so wyter, bis äben e Schnuer druus wird.

Wen i's rächt gseh, het d Frou Ruth vo Fischer das Wort nöi i ds Bärnbiet bbracht, wo si vor ungfähr zwänzg Jahr aagfange het, mit Frouegruppe herrlechi Wandteppeche für Chilche und Chilchgmeindhüser z nääje und z sticke. Derby stichle di jüngere Froue di grosse, herte Stoffbitze zu Bilder zäme, und di eltere tüe us ygfärbter Wulle dickeri und dünneri Schnüer tüntle, wo de als Relief-Linie uf di Bilder ufgstickt wärde.

Aber äbe, vo wo chunt das Wort? Zersch han i natürlech im «Schwyzerdütsche Wörterbuech» nachegluegt und's – sage und schreibe! – a sym alfabetische Platz gfunde: tüntle, tintle, a) Schnüre flechten, b) Spitzen klöppeln. Im etymologische Teil wird de druuf higwise, dass men i de weschtleche schwyzerdütsche Mundarte ender tintle und i den öschtleche ender tüntle säg (d Ruth vo Fischer het im Züribiet mit irne Wandteppeche aagfange, drum seit si tüntle. Es gäb, heisst's de, ke Zämehang mit em Wort Däntelschnuer, wo z Züri 1561 bezügt syg, wo Spitzeli bedüti und vo französisch dentelle chöm. Am endschte ghör's mit em niderdütsche tünteln, tunteln zäme, wo ds Grimm-Wörterbuech aafüer und wo o «flechten» bedüti.

Also zwöite Schritt: der Grimm häre! Dert wird tünteln (tinteln isch nid da, aber tunteln o nid!), nume ds dütsche, wo flechten, aber o zaudern heisst, mit em niderdütsche tünen, tunen, «Zäune flechten» (Plattdütsch heisst Tuun Zaun) zämebbracht. Ds zwöite -t- marggieri d Widerholig (Iterativform). Es heig sech de mit em Verb tändeln sekundär vermischt. Aber ds schwyzerdütsche tüntle, wo der Grimm vom Stalder (1812) gchennt, heig nüüt dermit z tüe, das chöm vo Tüntel, «Klöppel»).

Jitz steit's also Grimm contra Idiotikon. Wär het ächt rächt? Mir chunt en anderi Idee: Ds Chlöpple (ds Spitze-Wäbe mit Fäde a Hölzli) isch doch di grossi Heimindustrie gsi im Neueburger Jura, bevor d Uhre cho sy. I reiche mer ds «Dictionnaire historique et biographique de la Suisse», Band 2 (1924), Stichwort Dentelle: D Chlöppelspitzefabrikation het i der Mitti vom 17. Jahrhundert im Fürschtetum Neueburg aagfange und im achtzächete e Rise-«Boom» erläbt. Für anderthalb Millione «libres» heig me jährlech Spitze nach ganz Europa usgfüert, und um 1800 syge fasch viertuuset «dentellières» im Val-de-Travers und i de Montagnes neuchâteloises beschäftiget gsi. D Bürgerfroue zäntume i de Stedt hei sech um di Spitzeli grisse, und o d Burefroue hei iri Hube mit sydige, wullige oder

Rosshaarspitze garniert. So ne Hubesatz heig aafangs vo üsem Jahrhundert zwänzg Franke gchoschtet, schrybt der Friedli, der Monetslohn vonere Herrschaftschöchi! D Chünigin vo Prüüsse heig 1842 bi mene Bsuech z Neueburg es Spitze-Nastüechli übercho, wo mit 2500 Chlöppeli syg gchlöpplet worde. Im nünzächete Jahrhundert verlüürt ds Spitzle a Bode und verschwindet geng meh, bis es de a de Turischtenorte wider ufchunt, z Plaffeie isch das für 1830 bezügt, und vo Guggisbärg und Grindelwald erzellt der Emmanuel Friedli vo «Spitzerra», wo tüeje tintle. Z Grindelwald isch ds Chlöpple vo Luterbrunne här ygfüert worde, und vilecht bsinnt sech ds einten oder andere vo öich, dass me z Mürre no lang nach em zwöite Chrieg het Chlöpplere a der Arbeit gseh. Me dänkt a Chinderroman vom Eschmann «Ds Chlöppel-Anneli», wo di Heimarbeit z Mürre um 1910 ume beschrybt.

Aber zrügg i ds Wältsche. We me vom Val-de-Travers im achtzächete Jahrhundert ghört, so cha me nid anders als a Jean-Jacques Rousseau dänke, wo vo 1762 bis 1765 dert gwohnt het. Er erzellt i syne «Confessions» (12. Buech), wi glücklech er dert isch gsi, nadäm er vo Frankrych und vo Ganf het müesse flüchte. Er het vil Bsuech übercho, und für sech bim Schwätze chly nützlech z mache, het er derzue Schnüerbändle gflochte, «lacets». «Je portais mon coussin dans mes visites, ou j'allais comme les femmes travailler à ma porte et causer avec les passants.» Die Schnüer, wo dennzumal – me het ja no keni Chnöpf gha – näbe de Häftli di einzigi Chleiderverschliessmüglechkeit sy gsi, het er de de Chindbettere gschänkt, we sie iri Chinder sälber gstillet hei! Me het also o für ds «Tüntle» es Chüssi bbruucht wi für ds Chlöpple, das zeigt di Stell dütlech. D Frag isch jitz natürlech: Wie hei d Neueburgere där Arbeit, em Chlöpple und em Schnüermache, gseit? Also wyter zum nächschte Wörterbuech, em «Glossaire des patois de la Suisse romande»! Dert steit's dütlech: dintèla, oder uf volksfranzösisch: dintler, het me für beids gseit. Das wär französisch denteller. Französisch dent (Zahn) heisst i de wältsche Dialäkte din (usgsproche fasch deing wie im Süde), dintler tönt also fasch glych wi tintle und bedütet o ds glyche. We die zwöi Wörter nid zämeghöre, de weis i nüüt meh!

Aber wi chunt me de uf das -ü- bi tüntle? Darf me da jitz e hochdütsche Yfluss à la Grimm aanä? Oder gäb's nid o da no nen anderi Müglechkeit? Vo tintle und tüntle här hei d Schwyzer de Chlöppel- und Schnuerhölzli (die sy fasch dopplet so läng und so dick gsi wi äini) Tintel oder Tüntel gseit. Di Hölzli sy ddrächslet, si sy dick, we ds Garn druff ufglyret isch, und si tanze rächt ungfelig, we me dermit schaffet. Chunt eim da nid fasch outomatisch ds Wort Tuntle oder Tunteli für ne dicki, ungschickti Pärson i Sinn? Das Wort isch (emel i der baslerische Form Tunte) nid öppe e Dütschschwyzer Spezialität. Es chunt i vilne europäische Sprache vor. D Frag isch, öb ds italiänische (ro)tondo, «rund», oder attonito, «sprachlos»,) am Aafang vo däm Wort steit oder öb's eifach e Lutmalerei isch. Wi wär's, we d Tuntle uf ds -ü- vom Tüntel ygwürkt hätt?

Grad da mues i jitz Forfait erkläre. Dä Yfluss lat sech nid eifach la nachewyse. Aber my Sherlock-Holmes-

Seel isch scho zfride mit däm, won i usegfunde ha. Mir hei e wyte Blick zrügg i d Sozialgschicht vo üsem Land ta. D Heimarbeit isch hert gsi. Vilecht dänkt ds einte oder andere vo öich a Film «La Dentellière» vo däm Meitschi, wo zwar nid sälber Spitzlere isch gsi, aber wi vili vo ine ds Rede nie glehrt het und a syr eigete Verlyretheit z Grund geit. Und doch: D Heimarbeit het Verdienscht ggä und ds Abwandere ufgha – und si het scho vor Jahrhunderte mänger Frou e Sälbständigkeit ggä, wo si dringend het chönne bruuche. Also nüüt gäge ds Tintle – o we's hütt z Hongkong gmacht wird und nümme bi üüs!

Ds Urgrosmueti

Im Juli 1965 het my Grosmueter müeterlechersyts im Burgerspittel z Bärn ire hundertschte Geburtstag gfyret. Si het das no fei gnosse. I ihrem Fauteuil het si der Burgerrats- und der Stadtpresidänt samt em Regierigsstatthalter epfange, ire Neveu isch als «Bund»-Reporter cho, der Suhn und der Schwigersuhn hei hinder irem Stuel der würdig Hintergrund abggä. Na der zwöite Gratulationsred vo dene Here het ire Suhn se fürsorglech gfragt: «Masch no, Mama?», und si het zfride und lut gantwortet: «Jaja, weisch, i nime's vo der komische Syte», und so het o der Regieriger sy Gratulation no chönnen aabringe.

Allerdings: Es komischs oder o nume es gäbigs Läbe het d Pauline vo Rütte-vo Greyerz nie gha. Iri Mueter, e jungi Zürchere, isch vo sächs chlyne Chinder ewägg gstorbe, d Pauline isch denn sächsi, ires jüngschte Schwöschterli par Wuchen alt gsi. Der Vatter isch Pfarrer a der Heiliggeischt-Gmeind gsi, wo vom Wysse-büel bis a Bremgartewald ggangen isch. Gwohnt het me zersch a der Marktgass, speter a der Spittelgass, oder umgchehrt, i nere Vierzimmerwonig. Im Gang vo der Wonig isch e Bank gsi für d Lüt, wo zum Pfarrer hei welle, ds meischte Armi, wil ja denn o d Fürsorg ganz über d Pfärrer gloffen isch. A der Wand hinder em Bank isch e dicki bruuni Spur vo Dräck und Schweis eifach nid wägzputze gsi, het is ds Grosmueti alben erzellt. Und o, dass bim Konfirmationsumzug di ryche Meitschi sy im ne wysse Schleier dür d Spittelgass der Chilche zue zoge, und di arme imene schwarze, wil si ke wysse hei chönne etlehne, und wi der Vatter sech vergäbe da dergäge gwehrt het und us Protescht du syne Töchtere o ne schwarze Schleier ggä het. D Underwysig het der Pfarrer i der Wonig gha, Meitschi und Buebe süberlech trennt. Gäge d Gass zue isch d Wohnstube näbe der Studierstube gsi, dert het sech ds ganze Familieläbe abgspilt. Und gschlafe hei di chlyne Chinder hinde gäge ds Höfli use bi de Tante, wo di gstorbeni Mueter ersetzt hei, und di grosse i zwo ungheizte Mansarde im füfte Stock. Allerdings het me denn vil meh voruss chönne sy als hütt: um d Brünne ume, i der Loube, am offene Stadtbach oder uf de Schanze. Ei Brueder, der Karl, wo speter Pfarrer a der Johanneschilche isch gsi, het bis i ds höchen Alter blaui Tüpfli uf der Stirne gha als Narbe vo Schrotchügeli, wo halt zfrüe bim Spile us der Kadette-Kanone uf der Grosse Schanz usegschosse sy. Es Jahr nam Tod vo syr erschte

Frou het my Urgrosvatter iri Cousine ghürate, wo mit vierezwänzgi – und achtevierzg Paar wysse Strümpf – vo Züri häregreiset isch und für di verwaiste sächs Chinder di wunderbarschti Ersatzmueter isch worde, wo me sech cha dänke. Si het sälber no drü übercho, und wo ds eltischte isch zwänzgi worde, isch der Vatter gstorbe. Da het si alli nüüni wyter düretreit mit irer Liebi und irem chlyne Vermögeli, bis si uf eigete Füess hei chönne sta. Iren achzigschte Geburtstag hei mer z Prêles höch über em Bielersee gfyret, das isch mir es unvergässlechs Erläbnis bblibe. Und dass o wyterhi e feschte Zämehang i der Familie gsi isch, cha me am «Bärndütsche Wörterbuech» gseh, wo der Grosunggle Otto syr Grosnichte Ruth ds Material derzue hinderla het – leider isch er sächsedryssg Jahr z früe gstorbe, für's no fixfertig z gseh.

Bärn isch im 19. Jahrhundert vorbildlech gsi i der Frouenusbildig. My Grosmueter isch Hushaltigslehrere worde, aber si het ihre Bruef nume daheime usgüebt. Und du het si ghürate. Ire Brütigam, der Gotthelf vo Rütte, isch Pfarrer gsi und derzue schwär tuberkulös. Sächs Jahr sy si z Trachselwald Pfarrslüt gsi und nachär, wäg em Klima, uf em Beatebärg. Dert isch är mit achtedryssgi gstorbe, vo drü chlyne Chind ewägg. Ds vierte isch vor sym Tod uf d Wält cho und gly druuf o gstorbe. D Pauline het wäret de letschte Jahr der chrank Maa, e Vikar, di drü chlyne Chind, ds ganze Pfarramt, der Garte, won e Teil vom Lohn isch gsi, und derzue e Zylete Gescht, wo im Hotel obe a der Strass ke Platz hei gha, dür ds ganze Eländ düre gschleipft. Nam Tod vom Maa, natürlech ohni Pension, het si i der Neechi es grosses Chalet gmietet (ohni Wasser im Huus) und e Feriepension ufta. D Chinder sy, sobald si i d Sek wäre cho, nach Bärn gschickt worde, d Buebe i ds Waisehuus, wo si fasch gstorbe sy vor Längizyti – es heig geng nume Suurchabis und Gschwellti ggä! –, und ds Töchterli, my Mueter, zu de Groseltere am Theaterplatz. Und nach zäh Jahr isch si du sälber nach Bärn züglet und het o da wider e Pension ufta, dismal für uswärtigi Gymeler, und geng i alte, grosse, boufällige Hüser, wo si all par Jahr wider het müesse wyter zügle. Und schliesslech, wo du my Mueter, nach drü Jahr Huslehrerinne-Arbeit z Paris, e Lehrerinnestell z Bärn gfunde het, sy Mueter und Tochter zämezoge und o zämebblibe, wo my Mueter ghürate het.

Numen äbe. My Grosmueter isch gwanet gsi, z befäle und Buebe z dressiere. Und so het si's halt o als iri Pflicht aagluegt, der Schwigersuhn z erzie und nachär o d Frou vom Suhn – de no ersch e Wältschi, «wo ja ke Ahnig het, wi me z Bärn Hushaltig macht». Das het nid chönne guet usecho. D Schwigerchinder hei sech aafa wehre, und d Chinder sy d Chörndli zwüsche de Mülisteine gsi. Gottlob het's, won i bi achti worde, e Lösig ggä: es Wonigli vis-à-vis am Liebeggwäg, wo ds Grosmueti sy eigeti Hushaltig het chönne ha und dank ylogierte Nichte und Neveux o mitfinanziere. Zmittag het's bi üüs ggässe, und am Aabe sy mir Änkel zu ihm a ds Nordweschtfänschter der Sunnenundergang hinder em Bremgartewald ga bewundere. Derzue hei mer gsunge: «Goldne Abendsonne, wie bist du so schön, nie Kanone Wonne deinen Glanz ich sehn.» D Wortverbindig Nie-Kanone-Wonne het's is bsunders aata.

Änds zwänzger Jahr het me überall vo der grosse Militärabrüschtig aafa rede – und i der Schuel am Morge bbättet derfür – und da het der guldig Sunnenundergang di äberächti Stimmig ggä derfür. – Mit füfenachzgi isch du ds Grosmueti us eigetem Etschluss i Burgerspittel züglet und het dert syni letschte Jahr no rächt gnosse, wil's vil Bsüech het übercho, so mitts i der Stadt. Und drei Monet nam hundertschte Geburtstag isch es dert fridlech gstorbe.

I han ihm vil z verdanke: d Verbindig i ne interessanti Familie yne, d Erfahrige vom Pfarrfrouebruef, wo ja o myne isch worde, der Spiegel vo nere ganz ähnleche Natur (o i regänte für ds Läbe gärn). Myne Chind het äs mit sym länge Läbe der wyt Blick i d Vergangeheit ermüglechet. Won i einisch mit em vierjärige Mäni em «Urgrosmueti» z Bärn bi ga nes Bsüechli mache, het er mi uf em Heiwäg gfragt: «Mueti, wi het jitz scho der erscht Mönsch gheisse?» – «Adam», han i gantwortet und als gwüssehafti Sunndigschuellehrere aaghänkt: «Dä isch äbe ganz alei gsi, du het ihm der Liebgott e Frou gschänkt.» – «Aha», het der Mäni ganz erliechteret gsüüfzget, «und das isch du ds Urgrosmueti gsi.»

Ds Uwörtli

«Si hei sech nie kes Uwörtli ggä» – so het me mir einisch e vorbildlechi Eh beschribe. Wi müesst i dä Satz emne Mathematiker, wo ke Ahnig vo Bärndütsch het, erkläre? Minus mal minus git bekanntlech plus, aber bi üüs blybts bim minus, und di Vorsilbe u-, cha die nid o ds Gägeteil vo sich sälber bedüte?

D Sprach isch di wichtigschti Usdrucksmüglechkeit vom Verstand. Ja. Aber was het das no mit em Verstand z tüe, we *versprechen* «öppis fescht zuesichere» heisst, und *sich versprechen* «öppis, ohni z welle, lätz säge»? E Versprächer cha also jedes Verspräche z nüüte mache! Oder wi isch es, we der Bueb i der Schuel lehrt, die Untiefe syg e seichti Stell im Wasser, und de rüeft ihm der Vatter bim erschte Bade im Früelig im See: «Pass uuf, dert voor wird's de plötzlech utöif!»

Ja, di *Un*-Vorsilbe (Präfix wär der wüsseschaftlech Name)! Vor hundert Jahr het der Otto vo Greyerz mit syne Gymeler z Bärn gchrieget – und das 1938, also vor gnau sächzg Jahr i mene Sprach-Artikel im «Bund» feschtghalte: Bim Wort *Untiefe* hei si ane bsunderi Tiefi ddänkt, und är het ne müesse bybringe, dass *Un-* zersch einisch ds Gägeteil vo der Houptwortbedütig aagit: Unglück, Unsinn und also o Untiefe. Aber er het se de o la usefinde, dass das Un- mängisch e moralische (Un-)Wärt aazeigt, wo nümm eifach es Gägeteil isch: Der Unfride isch no nid Chrieg, der Unfueg isch nume z versta, we me Fug hochdütsch mit Rächt zämebringt und nid mit Fügung, en Umönsch isch e gröileche Mönsch, nid ke Mönsch. Und jitz cha me öppis Glunges ganz gryffbar beobachte: Sobald d Sprach i moralischi, sittlechi Regione ydringt, wird ds Gfüel wichtiger als der Verstand! Und ds Gfüel het meh Fröid am Uuf und Ab, am Steigere und Dämpfe als a chuele Definitione und Begriffe. We di Vorsilbe *Un-, u-* es Abrütsche i ds Negative, Schlächte bedütet, isch das en Art Steigerig. Und Steigerige mache ds Läbe ersch rächt interessant – nid nume we's um d Börse geit! Uuf und ab – ds Guete wird schlächter, ds Schlächte wird besser…

Jitz cha di Vorsilbe aafa Orgie fyre: *das Ungeheuer* und d Eigeschaft *ungeheuer(lich), ein Ungetüm* und *ungestüm* – o im Hochdütsche wärde di eigetleche Stamm-Wörter geng unwichtiger und d Vorsilbe *Un-* geng gwichtiger. Was isch e «Unmenge», was eine «gesunde Unruhe»? Sy's Steigerige oder Negatione? Allerdings: Bsunders i der Hochsprach, aber o im eltere Dialäkt, isch der Ton vo *Un-* meischtens negativ. Wi het's doch albe gheisse, we me sech über ne übli Nachred beklagt het: «Si bringt mi i Uglanz!» O der Utüüfel und der Uhung, wo der Greyerz i sym Artikel aafüert, sy schlimmer als der Tüüfel und der Hung. Nume der Upickel (o bi ihm) tönt scho nach Bewunderung.

Aber jitz – am Ändi vo üsem Jahrhundert – cha me öppis ganz Glungnigs beobachte. «Die Sprache, die Muttersprache vor allen anderen, ist der treueste Spiegel unseres Wesens», schrybt der Greyerz im Vorwort zu syne «Sprachpillen» 1938. Bi däm Un- i üsem Bärndütsch het sech geng meh di negativi Wärtig i ne überuus positivi gwandlet – am dütlechschte i der Jugetsprach, aber o bi üüs eltere Lüt! Wen i vo öppis säge, das choschti es Ugäld, de cha me da vilecht no nes Beduure usegspüre, dass i sälber nid gnue ha. Aber tönt's nid o nach Bewunderung? Das mues öppis Guets sy, we's sovil choschtet! Wen e Bueb zuegit, er heig en Uschiss gha, de isch nid d Angscht ds Wichtige, sondern das Schreckleche, wo eim Angscht cha mache –

und d Tatsach, dass är, der muetig Held, di Angscht het chönne besige. En Uhuuffe isch e imposante Huuffe, und wen es Schuelreisli uhuereschön isch gsi, de isch das nümm z überträffe. Sogar im Hochdütsche tönt's voll Bewunderig, we mer öppis unglaublich wichtig oder unsäglich eindrücklich finde.

We dihr uf öine Grossratslischte für d Mai-Wahle also en *uschaflech* gueti Frou oder e Kandidat, wo gar ke *untane* wär, findet, de schrybet sen uf öie Wahlzedel. Und dänket draa: Doppleti Negatione chönne o dopplet positiv sy. «Gar nid untan» übersetzt der Werner Marti i der «Bärndütsch-Grammatik» (S. 207) mit «zugänglich». Für mi bedütet's eigetlech no meh: Öpper, wo weni redt, aber guet überleit und de o dernaa handlet. Und uschaflech heisst ursprünglech unförmig, aber dank syr Vorsilbe u- het's scho lang i ds positive Lager überegwächslet und heisst hütt «unerhört, ungemein». Däwä bringet der, wär weis, en uhenneguete Wahlzedel zäme.

verfuulplegere

Vo üsem Läbe seit der Psalmedichter: Es duuret sibezg oder achtzg Jährli und no ds Beschte drann isch Müej und Chrampf. Dä pessimischtisch Satz us em orientalische Bureläbe i Hitz u Stoub isch im weschteuropäische Chrischtetum rächt eigetlech i sys Gägeteil verchehrt worde, wo ne der Luther eso übersetzt het: Unser Leben währet siebzig Jahre und wenn's hoch kommt achtzig Jahre, und wenn's köstlich gewesen ist, so ist es Mühe und Arbeit gewesen. Da wird d'Arbeit undereinisch öppis Schöns, «Köschtlechs». I däm Sinn u Geischt isch ds nöizytleche Europa erzoge worde bis i d Zyt vo myr Juget, won is di grossi Krise und d Arbeitslosigkeit 's no einisch rächt yghämmeret het: Arbeit isch öppis Schöns; glücklech isch, wär darf schaffe! Vilecht steit drum my Generation so ratlos de Junge gägenüber, wo rüefe: Nei, Chrampfe isch nid Läbe! Vier Stund pro Tag, das tät's!

Henu, der Summer isch die Zyt, wo alli, d Chrampfer und d Läbeschünschtler, ändlech mit guetem Gwüsse dörfe Ferie mache. O i packe mys Wärli, bschliesse ds Huus hinder allne Gescht vo de letschte Monete und fangen aa troume vom Plegere uf bbluemete Alpweide, vo Bechli, wo ruusche und vo «wysse Spitzli über em Wald». Plegere! Näbe «löie» isch das für mi ds einzige Wort, wo total usspanne, ohni negativs Bygschmäckli, bedütet. Flohne, fulänze, lauere, pflartsche, plüttere, das sy für ne Bärner wi mi luter e chly aarüchigi Tätigkeite; Lüt, wo das tüe, stäle em Liebgott der Tag ab und lige dermit o mir uf em Portmonee, und i verachte se drum mit guetem Gwüsse. Hingäge ds Löie und ds Plegere, das man i jedem gönne.

Löie tuet me am Fyraabe, plegere i de Ferie. Es bruucht derzue es Plegerplätzli, echly Halbschatte, es herrlechs Alpebluemedüftli oder o ds Plätschere vo Wälle und ds salzige Gschmäckli vom subere Meer…

Für mi yzstimme uf di acht Tag Plegerferie, won i vorständs ha, bin i für ds «Stübli» echly däm Wort plegere nacheggange. Aber o je! Da isch nüüt meh vo würzigem Alpeduft. Da stygt es anders Gschmäckli uuf, we me de Wurzle vo däm Wort nachegrabt, echly es gruusigs! Am Aafang steit ds mitteldütsche Wort Blag (mit emne churze a), und das isch e Tierlych, es Aas. Im haslidütsche Wörterbüechli vom Otto Hopf (ufgschribe vo 1879–1894, nöi usecho 1969) steit's no so, und i däm vom Haslibärger Karl Gysler heisst blagellen «Aasgeruch ausströmen». Im «Schwyzerdütsche Wörterbuech» sy vil anderi glychi Stelle aaggä, vorab us de alpine Dialäkte. Im Jahr 1529 seit e Luzärner, är schmöcki «ein Lutherschen über nün zün, wie einer, der ein blag hinderm zun schmecke». Vo «Aas» isch d Bedütig vo däm Wörtli wytergwanderet. Es bedütet gly o nes chränklechs, schwachs Tier, de es fuuls Tier und schliesslech o ne fule, liederleche Mönsch. Und wil das Wort sächlech isch, wird's vorab für Froue bbruucht. Es git zwar o nes männlechs «Black», zum Byschpil bim Gotthälf, wo für ungschickti Manne gilt. I weis aber nid, öb di zwöi Wörter zur glyche Wortfamilie ghöre. Es Blag isch also es Huscheli, es ungschickts und ungördelets Wybervolch. Settigi Lüt bsitze gwöhnliaa nüüt Rächts, höchschtes «eis Hemli am Hag u ds andere am Blag», also zwöi im ganze. Hüttztags wär das nüüt anders, aber früecher, wo ne rächti Frou achtevierzg Hemli im Trossel i d Eh mitbbracht het, isch e settige Spruch es vernichtends Urteil gsi!

Vilecht gchenne di einte oder andere vo nech, win i sälber o, das Sprüchli echly anders, nämlech: Eis Hemli am Hag u ds andere am Pflag. Pflag isch ds gnaue Synonym vo Blag, mit allne Bedütige vo Aas bis

Fulpelz. Der Fasnachtsdichter Hans von Rüte het 1546 vom Noah, wo gärn z vil trunke het, ddichtet: «Von wyn stinkt er wie ein fuls pflag; mir unwillet drab, wenn ich es sag!» Wie di zwöi Wörter i der Lutetwicklig zämeghöre, wagen i nid z säge, i bi daderfür z weni germanistisch bschuelet.

Vo Blag het's du es Verb ggä, nämlech blage. Das het bedütet: Aas frässe, de wyter: stinke wi Aas, de nüechtele, graue und schliesslech umelige, umefulänze. Es cha öppis sogar verblage, das heisst eso graue, dass es kabutt geit, vo Papier und Holz bis zu Höi und Wule. Und vo blage widerume stammet der Bläger oder Pleger, o das Houptwort mit der ganze Tonleitere vo Bedütige vo Aas über chranks Veh bis zum fule Mönsch, wo am Morge nid us em Bett usezbringen isch. E Pleger cha aber o ne schwäre, plumpe Sack sy oder sogar e Mocke schwärverdouleche Chäs.

Und dermit chäme mer zum Wort plegere, wo im «Schwyzerdütsche Wörterbuech» äbe no niene nüüt Schöns bedütet, derfür so zimlech alls Unaamüetige, wo me vo Tier und Mönsche cha bhoupte. We d Chatze umeplegere, so gäb's ander Wätter, heisst's emel o. Üse Moudi plegeret zwar sit Wuche dasume, aber cho rägne tuet's glych nid.

I weis also nid, öb eigetlech das Wort plegere nume für mi eso schön tönt, eifach mit em herrleche Bygschmäckli vo Ferie, vo löie und vo usspanne. Uf all Fäll han i voletscht es wunderbars Sätzli ghört, wo eim so rächt für d Ferie ystimmt. *Lieber verfuulplegere als verschysangschte!»* Cha me ds Nüüt-Tue besser rächtfertige? Emel uf bärndütsch sicher nid!

E du verruckt!

Me chönnt fasch e chly wehmüetig säge, d Gwunderwörter heige hütt alli usddienet und syge am Verschwinde: arig, kurlig, spunig…

Aber nei, eis isch is bblibe. Wen is öppis so verwunderet, dass is der Schnuuf oder der Verstand grad wägblybt, de finde mer das *verruckt!* Oder irr oder wahnsinnig, di Wältsche säge fou und d Ängländer und mit ine di ganzi hüttigi Wält crazy. Verruckt isch ja eigetlech das, wo wyt wäg-*grückt* isch vo jeder vernünftige Erklärig.

O d Härkunft vo *fou* isch luschtig z vermerke: Der Fou isch früecher der Narr amne Fürschtehof gsi, und dä het sech, für d Lüt mache z lache, i pluderigi Chleider yglyret, wo eim a ne Blasbalg hei chönne mahne (latinisch follis heisst der Blasbalg). Und ds änglische *crazy* isch wortverwandt mit üsem chratze, und me het's allwä gseit, wil me derby a d Guggemusige vo de Narre ddänkt het. Im Gägesatz zu dene uralte Narrewörtli isch ds Verb verrücken oder oberdütsch verrucken bis id Renaissance und i di früechi Nöizyt es reins Bewegigswort. Im Jahr 1528 isch de Pfärrer bi der Reformationsdisputation z Bärn befole worde: «Es söllend all priester bis zu end diser disputatz hie verharren und nit verrucken.» Es sy immerhin 320 Prieschter gsi im Stand Bärn. Ds ganze Land isch also wäret Wuche pfarrerlos bblibe. Und di Prieschter hei vorhär müesse d Meinig vo irer Gmeind zur Reformation ablose und de a der Disputatz ybringe. Es isch also rächt demokratisch zueggange derby. Der Stäffisburger

Pfarrer het zum Byschpil «ja» gstimmt zur Reformation, wi's im Dorf isch beschlosse worde (me het derby allwäg o uf Güeter vom Chloschter Inderlache im Dorf zellt). Är sälber wär dergäge gsi, aber er het demokratisch Lei ghalte, nachär isch er hei gwanderet, het ds Pfarramt abggä und isch Buur worde. Aber jitz zrügg zum Wort verrücken:

Ersch mit der Ufklärig het ds Partizip *verrückt* im dütsche Sprachruum der Sinn vo geischtesgstört übercho, allem naa ender mit emne echly grobe Bygschmäckli: «Mein armer Kopf ist mir verrückt, mein armer Sinn ist mir zerstückt», het der Goethe chönne dichte. Es het sech da öppis ganz dütlech zeigt: Geischtes-Chrankheit het geng als chly uheimelig ggulte, und drum sy iri Bezeichnige o geng en Art tabu gsi. Hütt probiert me's, wi bi de körperleche Chrankheite, lieber grad mit Fachusdrück und cha dermit das Tabu neutralisiere (depressiv, schizoid, neurotisch usw.)

Wiso aber seit me hütt z Bärn nume no *verruckt* und nümme *verrückt* wie früecher? Vilecht säget dihr mer jitz, verrückt heissi äbe «geischtesgstört» und verruckt heissi «unerhört, grossartig» oder eifach «sehr». Aber so simpel isch es natürlech nid.

Im Mittelhochdütsche het sech ds althochdütsche -u- vor -ck und -pf- i de nördlechere Gägete vom dütsche Sprachgebiet zu -ü- umglutet. Im Oberdütsche isch es meischtens -u- bblibe. Am beschte gseht me das bim Verb *drucken,* wo eigetlech ds glyche Wort isch wi *drücken.* Wil aber ds Drucke en oberdütschi Erfindig isch und's vil meh Druckereie im oberdütsche Ruum het ggä als im Norde, isch ds Verb drucken für ds

Gwärb bblibe und underscheidet sech sider vom Verb drücken. Aber i der öschtleche dütsche Schwyz seit me o für drücken *drucke.* O Basel ghört da derzue. Ds glyche gilt für Rücken (Rugge), Brücke (Brugg), stüpfe und lüpfe. Der Weschte und der Süde vo der dütsche Schwyz hingäge seit -ü- oder sogar -i- (der *Rigg* z Brienz für Rügge). Bärndütsch hiess also eigetlech ds Wort *verrückt,* nid *verruckt.* Gnau so, wi mir ja o rücke säge für vorwärtsmache: «Mir wei uf rücke ha, es chönnt cho gwittere», het der Buur im Landdienscht bim Höie gseit. Mi cha also ganz sicher säge, ds Wort *verruckt* syg z Bärn als «Buebewort» us Basel oder Züri ygwanderet. Mir hei's als Chind nid dörfe bruuche, es het als grob ggulte. Aber i bsinne mi o, wi we's hütt wär, wenn dass i zum letschte Mal «verrückt» bbruucht ha – sogar mit Datum:

Es isch am Pfingschtzyschtig im Jahr 1934 gsi, i der Quarta vom Freigymer i der Griechischstund. Üsi Klass het e Huuffe Ufgabe über d Feschttage müesse lehre, derby o ne Ladig Griechischwörtli. Mir hei gfunde, was z vil syg, syg z vil, und i ha im Uftrag vo der Klass bim Lehrer müesse e Probenerlass verlange. Das isch dennzumal schwiriger gsi, als es hütt wär – bsunders bi üsem alte, gstabelige Dr. Schlachter. I ha also am Aafang vo der Stund d Hand ufgha und mit mym zartischte Stimmli ghuuchet: «Herr Doktor, wir haben so verrückt viele Aufgaben über Pfingsten gehabt, bitte, verschieben Sie die Wörterprobe auf übermorgen!» Tatsächlech: Er het zwar d Wörter glych abgfragt, aber keni Note gmacht, und mir hei ufgschnuufet. Aber na der Stund het er mi dabhalte und mer, äbefalls uf hochdütsch, du ds Mösch putzt: Was mir yfalli, ds Wort *verrückt* z bruuche? Dermit heig i ja behouptet, är, der Lehrer, syg verrückt! I ha lang chönne schüüch eggäge ha, i heig das Wort doch als Adverb, nid als Adjektiv bbruucht. Na nere lengere Strafred het er mi mit em Satz entla: «Mädchen sollen verfeinernd wirken auf die Knaben. Aber du, Ruth, wirkst verrohend auf sie!» Und für syr Pöuk Gwicht z gä, het er mer im nächschte Zügnis es Vieri im Betrage ygschribe – notabene im einzige Zügnis vo myr Schüelercarriere, won i süsch alls Sächsi ha gha! Myni Eltere und der Klasselehrer hei ds Lache verbisse, wo ne das Vieri erklärt ha, aber mir isch ds Wort verrückt verleidet gsi für geng!

I der jüngschte Generation isch hütt, wen i mi achte, beids süferli doch am Verschwinde, verrückt scho ganz und verruckt fasch gar. Crazy ghört me o sältener. Eisilbigi Variante für ds Glyche töne äbe chreftiger: irr oder toll!

Wän, wäm or wär – that is the question!

Me cha würklech säge, es gang em Bärner um «to be or not to be» bi syr Sprach. Sünsch loset einisch, was i für Antworte übercho ha uf my Frag vor vierne Wuche, öb me sägi: Wän han i aatroffe? Oder: Wär han i aatroffe?

«Unvorstellbar, dass ein Berner hier einen anderen Fall als den Akkusativ (wän) verwenden könnte. Wer es nicht so hielte, müsste zur Strafe sofort nach Zürich geschickt werden.»

«Weder wän gsehn i noch wär gsehn i ist Berndeutsch. Um die Jahrhundertwende, als wir noch berndeutsch sprachen, hiess es: Wäm gsehn i, wäm verwütscht er, für wäm lismisch. Kein Berner hätte wän gebraucht!»

«Me seit doch nume: Für wär lismisch di Socke. Alls andere isch nume fürnäm ta!»

So, da heit der's! Und wär het jitz rächt vo däne kategorische Bärndütschkenner? Myni über dryssg Briefe und Telefonnotize han i also gno und vorab einisch treiet: Es wär-Hüüffeli, es wän-Hüüffeli und es wäm-Hüüffeli, jedes öppe glych dick. Und ab allem Sortiere han i ddänkt, d Grammatik sygi würklech nüüt Tots, nid emal öppis Todlängwyligs, we me sech däwag derfür chönn ergelschtere.

Nächär han i vo de drei Hüüffe e Lyschte gmacht, e geografischi und eini über Bruef und Alter von den Absänder, sowyt i das ha chönne errate (ds Schriftbild hilft eim da vil). Und jitz het sech öppis ganz dütlech abzeichnet, nämlech wo und wie die drü Fragewörtli im Kanton Bärn vorchöme. Eigetlech sött i nech grad e Charte zeichne, aber Dir chömet sicher o so nache:

Wäm für *«wen»* seit me ganz konsequänt und dürewägg i den Oschtämter vom Kanton, mit nere nördleche Gränze bi Langetal und nere südleche bi Stäffisburg. Im Weschte macht d Aare e suberi Gränze. Und zwar seit's uf em Land Jung und Alt glychlig, aber i de grössere Agglomeratione scho ender nume no di eltere Lüt. Im nördleche Oberaargou seit me *wär* (für wär lismisch di Socke). Im Bärner Oberland, vom Simmetal abgseh, seit me derfür nume *wän* (wän hescht lieber,

Peter old Hansen? ghören i vo Brienz). Im innere Oberland isch ja ds -n- vom Akkusativ no öppen erhalte: I ha den alten Hans gsehn, tönt's vo Meiringe. Leider überchumen i us de Weschtämter vom Kanton geng vil weniger Uskunft als vo hienache der Aare, du han i probiert, sälber echly dert umezfrage. Derby han i gmerkt, dass me dert uf kei Fall wäm seit, aber *wär* und *wän* fasch glych verteilt, wär isch spontan vorab vo jüngere Lüte z ghöre gsi, wän ender vo den eltere und de sprachbewusstere. Us der Stadt Bärn han ig en einzige wär-Beleg, aber e Zylete *wän,* und glych tönt's z Thun. Natürlech bin i mer im klare, dass die «Stübli»-Fründe, wo üüs schrybe, sprachbewussti Lüt sy, und die säge äbe ender wän als wär. Drum han i du no bi üsne Seminarischte echly umegfragt. Vo däne us em Weschtamt isch wär und wän glychmässig derhär cho, aber vo de Oberämmetaler nume wäm, und zwar wi us der Pischtole gschosse!

Jitz lyt natürlech d Frag zneechscht, was jitz «alts» Bärndütsch syg, was zersch bi üüs syg gseit worde, wär, wän oder wäm. Vor mir lyt e Brief vo der Frou Dorothea Gruner («Hesch e Kiosk a der Eigernordwand»), wo über ne Diskussion im Fründeskreis brichtet: «Professor Zinsli meinte, wän sei ein alter Einfluss des Hochdeutschen auf das Berndeutsch, nicht ein Überbleibsel einer früheren Akkusativform in einem schweizerdeutschen Dialekt.»

Das isch natürlech müglech. We me dänkt, dass me o z Züri hütt mängisch wen ghört näbe altem wer (i ha ne Brief als Beleg derfür), so chönnt ja o z Bärn *wär* eigetlech di alti Form sy. Aber *wän* mues doch o scho heidelang Wohnrächt ha bi üüs! Warum? Wil ds ämmetalische *wäm* ja nume uf *wän* cha zrügg-ga, uf kei Fall uf *wär!* Ds Schluss-R verschwindet bi üüs ja niene, me het drum o ke Grund, für's z ersetze, wäretdäm ds Schluss-N üüs ungwanet tönt und drum ds -M liecht dergäge het chönne ygwächslet wärde. Es git es schöns Parallelbyschpil, wo öich allne bekannt isch, und das isch der Akkusativ vo man, *eim.* Der Tavel (wenn's ein am Aabe tschuderet het bim i ds Bett schlüüffe) und der Gfeller (es mahnet ein ganz anes Tschüppeli Ching, wo der Mueter Brot höische) säge no *ein.* Aber hütt ghört me nume no (o im konservative Ämmetal): Es tschuderet eim, das mahnt eim. Also eim o im Akkusativ. Vilecht mache nes paar vo nech no ne Underschid bi «üserein, öierein», öppe so, wi d Frou V. – si het mer gschribe, si syg im Chindbett und heig Zyt, über d Sprach nachezdänke:

Nominativ: Bi Suurchabis u Rüppeli het üsereine albe Zyt, a der Grammatik umezstudiere.

Dativ: Üsereim nimmt me das übel.

Akkusativ: Üserein nimmt settigs halt wunder!

Aber vili vo üüs siege sicher ganz unscheniert: Üsereim nimmt settigs halt wunder! Und so, wi usem *ein* fasch gsamtbärnisch es *eim* isch worde, so isch us em *wän* im Ämmetal es *wäm* worde, und das zügt doch vonere sehr alte *wän*-Form im Bärndütsche.

Und derzue het ja doch ds Bärndütsch äbe im Underschid zu de öschtlechere schwyzerdütsche Dialäkte o no anderi alti Akkusativ-Forme, wo sicher nid importiert sy: der männlech Artikel nach Präposition (für e Vatter, dür e Bach) und ds -n bi Substantiv uf -i: I ghöre

Hämelin brüele (das isch wider vo der Frou V.), oder: 's ma sy, dass si Drättin echly gschoche hei (das isch vom Gfeller). Vo den oberländische Forme, won i scho aazoge ha, ganz abgseh.

We de i nes paarne Jährli der Band W vom «Schwyzerdütsche Wörterbuech» usechunt, cha me de a den alte Archiv-Zitat gseh, wie alt *wän* z Bärn isch. Underdesse wett i das Kapiteli jitz dännetue und säge allne vo Härze Dankheiget, wo mer so vile und interessante Bscheid hei ggä.

Mach, wi d witt! – oder: söllen und welle

«Mach, wi d witt!» het albe my Grosmueter gseit, we mer unbedingt öppis hei welle dürezwänge. Si het dermit aaddütet: I lehne de jedi Verantwortig ab! Und dermit hei mer gwüsst, dass mer's nid dörfe risgiere.

Im dritte Band vom schwyzerdütsche Sprachatlas git's vier Charte zum Wort welle. «Witt» seit me dert allerdings nume z Basel und im Baselbiet, für ds Bärnbiet isch nume «wosch» ufzeichnet, ussert im Oberland, wo me i de hinderschte Dörfer «wilt» (im üssere) und woltisch (im innere Oberland) seit. Aber d Sprachexploratore hei äbe o ne bestimmti Frag gstellt: Me söll der Satz «Willst du noch eine Birne?» übersetze. Da sieg würklech z Bärn niemer «witt». Und mir merke: Me cha ds Verb welle uf mängerlei Gattig bruuche bi üüs!

«Chumm, i will der hälfe», seit e Mueter zu irem Chind, wo über de Franzwörtli brüetet. Aber si seit's numen eso, we si sälber gnue Franz cha, für ihm würklech z hälfe. Süsch süüfzget si: «I wott (oder i wett) der scho hälfe, aber i cha nid!» Wott/will – jedes vo dene Wörtli drückt üsi Müglechkeit, der Wille i d Tat umzsetze, echly anders uus: *Will* zeigt di objektivi Tatsach: «I cha's», *wott* meh eifach der guet Wille. Oder anders ume gseit: Wen i süüfzge: «Also mira, i will dänk derhinder!», de cha jede merke: Es isch mer es Müesse, i ha ke Fröid derby. Aber we öpper erklärt: «Un i wott's, u müesst i verräble drab», de isch es grad umgchehrt: De mues der eiget Gluscht jedi üsseri Barriere meischtere. Zletscht mues me de albe wi dä arm Rekrut i sym Manöverbricht zuegä: «Möge hätte mer scho welle, aber dörfe hei mer is nid gwagt.» Und mängisch zwöiet sech eim sogar der eiget Wille, wi i däm wunderschöne Gedicht vom Michael Stettler, wo mängem Sibezgjärige vo üüs dörft us em Härz ddichtet sy: «Göb i o wett, cha no nid i ds Bett, i stande dernäbe, i hange am Läbe.»

Füüf Liedli i der Röseligarte-Sammlig fangen aa mit «es wollt» (oder: «wott»): Es wollt en Herr usriten, es wollt ein Mäderli wandlen, es wollt guet Jegerli jagen, es wollt es Jungfräueli reisen, und schliesslech: Es wott es Froueli z Märit ga, wott der Maa nid mit sech nä… Da isch ds Verb welle fasch bbruucht wi im Änglische: he will, nämlech als en Art Zuekunftsform. En anderi glungeni Form vo däm Verb chunt im «Jä gäll, so geit's» vom Tavel vor. Isch die ächt öpperem vo üsne «Stübli»-Fründe no bekannt? Der Houpme Lombach seit uf em verrägnete Längebärgusflug under em Schärme vo mene Burehuus emne Gyger, wo dert wohnt: «Du söttisch mit is uf Toffen abe, mer wotten echly tanze.» Uf der Charte im Sprachatlas «Nein, wir wollen lieber heimgehen» isch für di ganzi weschtlechi Dütschschwyz nume «mir wei» (oder wai, wäi, wee) yzeichnet. Nume z Gsteig und z Kandergrund heisst's «mir wotte». Isch der Houpme Lombach e heimlifeisse Oberländer gsi? Nei – ich ha als Chind z Bärn das «wotte» o no ghört, i bsinne mi nume nümme, vo wäm.

Im Grund isch «wotte» sicher en alti Imperfekt-Form, wi ja o d Einzahl i der Gägewart: «i wott (ich wollte), du wosch, er wott». D Mehrzahlforme «mir wei, dir weit, si wei» sy em Verb «ha» abgluegt und hei di alti Mehrzahl «wotte» la verschwinde. Der Hätti und der Wetti sy äbe geng Brüeder gsi, nid nume i üsne heimleche Wünsch, nei o i der Grammatik.

Es git übrigens no ne andere Verwandte bi dene Hilfsverbe, wo öppe mitgmischlet het, nämlech *sölle*. Der Bedütig naa isch's e Gägner vom Welle, aber der Form naa sy's fasch Zwillinge (oder Zweilige, wi me hieume seit). *Sölle* ghört i di glychi uralti Wortfamilie wi ds Houptwort *Schuld*. Das chönne mer no usegspüre i der Buechhalter-Sprach, wo ds Soll, also d Schulde, em Haben, also em Bsitz, gägenübersteit. Früecher het me «sölle» ohni zwöits Verb chönne bruuche, es het de eifach «schuldig sy» oder o «nütze» chönne bedüte. Das merke mer bi der Frag: «Was söll's?», wo eigentlech heisst: Was nützt das? Us em sibezächete Jahrhundert notiert ds Grimm-Wörterbuech e Hushaltig-Süüfzger: «Was der Woche soll (d.h. was für ne Wuche sött länge), zehrt oft ein Abend auf.» Aber hütt ghört sölle geng zu mene andere Verb, o we's nid dasteit. Wenn i mi frage: «Söll i oder söll i nid?», de dänken i:

Pralinés choufe oder öpperem es Müntschi gä (da sött me sech allerdings nie z lang bsinne!).

I syr Bärndütsch-Grammatik bhertet der Werner Marti, im ganze Kanton ume säg me «solle, i soll» (mit -u- statt -ll-), nume die alte Stadtbärner säge «sölle, i söll». Leider git's ke Charte im Sprachatlas, wo das klarstellt. Der Gotthälf bruucht tatsächlech «du sottsch, er sott». «Es het mi ddüecht, es sott di sy.» Aber für d Mehrzahl schrybt er «mir seu, si seu», und das entspricht emne «sölle», nit «solle». Südlech vo der Stadt Bärn, bsunders hie umenand, han i nie öppis anders ghört als -ö-, trotzdäm der Profässer Zyro, allwäg e gebürtige Thuner, i syr Wörtersammlig im letschte Jahrhundert o «i soll» schrybt. Der Dr. Marti nimmt aa, der Umlut -ö- chömi vom Konjunktiv. Er chönnt, wi d Gotthälf-Forme zeige, o vo der Mehrzahl i d Einzahl überggriffe ha. Oder äbe: Vilecht het ds Verb welle, wo ja a vilnen Ort *wölle* usgsproche wird, irgetwie *sölle* aagsteckt: So, wi *welle* gäge *wölle* isch grütscht, isch *solle,* zu *sölle* cho. I cha's uf all Fäll nid gnauer ernüüsle.

E letschti Frag: «I ha nid d Weli», seit me, we men öppis mues mache, wo eim zwider isch, aber mi cha nid anders. Ds Wort Weli ghört allwä zäme mit wählen und Wahl. Aber i syr Form mit -e- mahnt's ein meh a «welle». Leider isch ds Idiotikon ersch bi W-ch, süsch chönnt i nech da gnauere Bscheid gä. Und ds glyche gilt für en Usdruck *wolle!,* wo mi o öpper dernaa gfragt het: «Wolle, däm wei mer ga d Meinig säge!» Oder, wi's bim Tavel vorchunt: «Ja wolle parolle!» Dä, wo so redt, isch höhn und mues d Töubi usela. Sicher isch «wolle» eifach es chreftigs «wohl». Aber dür d Versterchig -ll- ghört men es Welle düre, wo me nid wott und nid cha hinderha.

Und jitz chönnt der Christian Schmid-Cadalbert hie wyterfahre und is dartue, dass mer nid alls sölle mache, was mer gärn wette, wi's scho der Lessing het gseit: «Wen verleitet sein Können nicht oft über sein Sollen hinaus?»

Ds Ziggereis

Voletscht het mer my Maa us der Buechhandlig es wunderschöns Buech heibbracht. Es isch e Gedichtband vo nere Lehrerin us em Pomatt, Anna Maria Bacher, heisst *Litteri un Schattä,* uf bärndütsch Lüteri (oder ender Heiteri) und Schatte, und es sy ganz herrlechi Gedicht i der piemontesische Walser-Mundart samt Übersetzig i ds Italiänische und Hochdütsche drinn. Eis vo dene Gedicht heisst (i erloube mer, 's i myr Schrybwys widerzgä) *Ds Härzchlopfu ischt Müsik.*

Ds Härz ischt e sicheri Balma
fer das, wan i gschpire.
Schis Chlopfu ischt Müsik:
ä hertä Rock,
wenn mi d Angscht uberget,
ä Walzer im Friidä,
en Blues
zeichnet myni Rööw;
aber wen i plange,
chas nit annerscht

de äs Ziggereis sy,
wa schlat
nytwädäri Wyl vam Zyt,
wa nie get.

Bärndütsch heisst das: Ds Härz isch e sicheri Höhli für das, won i gspüre. Sys Chlopfe isch Musig: e herte Rock, we mi d Angscht überfallt, e Walzer bim Sich-Fröie, e Blues isch ds Zeiche für my Rue. Aber wen i plange, cha's numen en Uhr sy, wo mit irem Schlag jede Momänt aagit vo nere Zyt, wo nie wott verby ga.

My Maa und ig sy bim Wort *Ziggereis* ebstoche (d Dichterin schrybt *Tzêkkereis.* Mi merkt, dass si vom weiche und doch so klare Piemontesisch här iri Lute bestimmt. Ds ê bedütet es offes betonts i.) Ihm isch plötzlech z Sinn cho, dass e Fründ vo ihm, wo nam Chrieg dür d Walsertäler gwanderet isch, vo mene Wort *Zeigereis,* wo dert d Uhr bedüti, erzellt het. O mir sy im Summer 1950 rund um e Monte Rosa gwanderet, e ganzi Wuche lang, uf de Spure vom Bärner Dichter Emil Balmer, und sy hie und da mit eltere Walser Lüt zämetroffe. Mir hein is aber geng zersch müessen uswyse, dass mer Schwyzer und nid Dütschi sy! Der Mussolini het de Walser ja ds Dütschrede verbotte gha, so guet wi de Südtiroler. Und derzue sy üüs denn d Viertuuseter um e Monte Rosa wichtiger gsi als d Sprachforschig. Aber was isch das Ziggereis für nes kurligs Wort, und wie cha me sech's erkläre?

Zersch hei mer natürlech a «Zeiger + eis» ddänkt. Grad bi der Sunnenuhr isch ja würklech der Zeiger ds

Wichtigschte. Dänke mer nume a ds französische Wort la montre. Aber d Zahl eis – we's doch um zwölf Stunde geit? Oder isch es en Ufforderig: «Zeig mer eis?» Git o nid vil Sinn. Ganz abgseh dervo, dass das -g- i der Mitti allemnaa rächt hert, wie dopplet, usgsproche wird.

Chönnti amänd ds Wort *reise* oder *Greis* mitspile i däm Zeigereis? Me seit ja i de Walliserdialäkte d Vorsilbe ge- ganz: gebrunge, gedeicht, gigunne. Loset nume üsem Fernseh-Nachrichtesprächer zue, wo das geng sorgfältig macht. Also wär z trenne: Zeig-gereis, *Greis* isch o ne bärndütsche Usdruck. Wen i Grippe ha, bin i nid im Greis, und wen i d Nääimaschine schön suber vo allne Stöubli und Böieli putzt ha, isch si wider guet im Greis, das heisst voll funktionstüechtig. Ds Verb *reise* het bi üüs alli syni Bedütige bewahrt, won es im Schriftdütsche scho lang em «sich fortbewegen» gopferet het. Es heisst «i di richtige Bahn länke, bruuchbar mache, repariere». Me cha aber o öppis Dumms *aareise*. Dass d Uhr es Greis isch, öppis *Ygreisets,* lüüchtet uf all Fäll jedem Bärner y. Und jitz han i das Walser Wort ändlech o im «Schwyzerdütsche Wörterbuech» chönne finde (wo ja no nid bim Z isch), nämlech unter em Stichwort reise, und gfunde: D Uhr isch es *Zyt-Greis*. Wunderschön, gället!

Ds Wort Zyt git's vo Aafang aa i üser dütsche Sprach wyblech und sächlech. D Anna Maria Bacher bruucht's sächlech: d Wyl vam Zyt. «Ihr wisst nicht, wan das Zeit kumt», het e vorreformatorische Bibel-Übersetzer Markus 13 übersetzt (Ihr wisst nicht, wann es Zeit ist für das Kommen Christi). Denn, wo z Bärn d Uhre ufcho sy, het me bi üüs aafa underscheide: *D Zyt,* wyblech, hei mer für en abstrakt Begriff (die Zeit) gno und *ds Zyt,* sächlech, für di grossi Uhr: ds Stubezyt und ds Chilchezyt. «Wiso gö eigetlech alli Zyt geng vor, nume mys nid?» het eine einisch gjammeret, wo geng z spät cho isch. I der Mehrzahl bruuche mir no di alti wyblechi Form: *längi Zyti, churzi Zyti.* Früecher hei d Here, emel di «bessere», e Sackuhr gha, es schwärs halbrunds Möbel anere guldige Chetti. Vo där Form här chunt sicher der Usdruck *Zibele* (wo o no ds Wort Zyt ynespilt). D Bärner Buebe hei de o no grad es Verb derzue bbildet: «Was zibelet's?» (Was isch für Zyt?) D Zyt isch öppis ganz Abstrakts – und doch glingt's is geng wider, se a öppis Gryfbarem aazbinde!

Am allerschönschte isch das em Kurt Marti glunge i sym Gedicht:

zyt isch nid zahl nid schtrecki
zyt isch es löcherbecki
wo scho nach churzem ufenthalt
dr mönsch zdürab i d unzyt fallt.

(«Wo chiemte mehr hi? – gedicht und schtückli ir bärner umgangsschprach», Fischer Verlag 1984.)

Züpfe, Trütsche, Flächte

Dänket Dihr, we Dihr ds Wort Züpfe ghöret, o grad a das wunderschöne Anker-Bild: es öppe zächejärigs Meitschi im wysse Blusli und graue Schüpli vor emne dunkelbruune Hindergrund, wo me nume schwach e Stuel und e Schafttüre underscheidet. Es steit vor emne

Tisch mit nere Wäschschüssle, emne Zwächeli, emne Cherzestock und emne graue Heft, und es züpflet syni wunderschöne hällblonde, länge Haar. Ganz exakt isch zeichnet, wien es d Finger zwüsche d Strähne leit, dass es e feschti glänzigi rächti Züpfe git (di linggi isch no nid gmacht), und doch luegt es nid d Haar aa, nei, es repetiert syni Schuelufgabe vor ihm im graue Heft. Das Bild isch so bekannt, dass es eim scho lengschtens hätt chönne verleide, und doch luegt me's geng wider mit Fröiden aa: So konzentriert isch das Gsichtli bim Lehre, so gschickt sy d Händ bim Züpfle, und so einzigartig schön d Farbe uf däm Bild.

Ligt's a däm Anker-Bild, dass für mi d Zöpf vo jehär di einzigi Länghaarfrisur sy gsi, won i gärn ha? Dihr heit zletschtmal gmerkt, wien i ds Bürzi nid ma lyde (und d Sprach mit mir). O di wallendi Mähne cha mer's nid, emel we si de no über ds Gsicht ab fallt und d Ouge verdeckt. Aber d Züpfe isch für mi e Teil vo der Frouegschicht und Frouekultur. Derby weis i ganz genau: Si isch no nid sehr alt, di Gschicht vo de Züpfe. Me gseht se, so vil i weis, uf kem Bild und a ker Statue weder i der Antike no im früechere Mittelalter! (I la mi gärn la brichte, wen i unrächt ha.) Im «Grimm» wird der Ueli Bräker, der arme Mann im Toggenburg, als erschte, wo vo Zöpf redt, zitiert: «So ein schönes, schlankes, nettes Kind in der allerliebsten Zürichbieter-Tracht! Wie ihm die goldfarbenen Zöpf so fein herunterhiengen!» Immerhin het ds Zopf-Aarüere im eltere süddütsche Rächt wi nes Glübd oder en Eid ggulte. D Froue hei e Chouf globt «mit Hand und Mund, mit Zopf und Brust».

Derby isch ds Wort Zopf uralt, allwäg elter als d Germanewält, es lutmalerischs Top, wo zersch ds Abefalle vo mene herte, aber nid zerbrächleche Gägestand uf d Ärde nachegmacht het, de nächär dä Gägestand sälber bezeichnet het: Er het müesse spitz sy, chegelförmig. Mit der Lutverschiebig und de verschidene Variante im Stammlut isch dadruus Zapfe, Zipfel und äbe Zopf worde. Das Top het aber o ds Chuli chönne bezeichne, wo dä Gägestand bim Abefalle uf d Ärde gmacht het, und dadruus isch ds Wort Topf worde oder bärndütsch Tüpfi. Churzum, Top het äbesoguet e Bärgspitz wie ne Boumtuller oder e Rossschwanz chönne bedüte, wo d Germane zur Zyt vom Asterix sech zoberscht uf em Chopf ufbbunde hei. Er het se grüüslech gfährlech mache uszgseh, we si iri Roubzüg dür ganz Europa gmacht hei. We mir hütt vo de Sportler säge, si müesse topfit sy, so dänke mir o a d «Spitze»-Bedütig vo däm Wort, und das tönt o no bi «tipp-topp» düre (hütt seit me zwar ender schön bärndütsch vo öppisem, das syg «Spitze»).

Wi chunt's de aber, dass mir im Bärndütsche statt Zopf Züpfe säge? Sicher heit Dihr scho bi Topf und Tüpfi gmerkt, dass der Stammvokal bi üsne Wörter nid öppis Felsefeschts isch. Bi der Züpfe isch's vermuetlech über d Tätigkeit vom Züpfle ggange. Züpfle steit ganz nach bim Verb zupfe, wo o i di glychi Wortfamilie ghört. Dernäbe git's ja o der bärndütsch Usdruck sech züpfe (wär gchennt und bbruucht dä ächt no?), wo bedütet: sech underzie ohni usezhöische, aber o: sech verzie, sech unsichtbar mache. Leider isch ds «Schwyzerdütsche Wörterbuech» no nid bi Z-, drum chan i nid säge, öb und wie di beide Verbe zämeghöre.

D Züpfe isch z Bärn nid nume der Haarzopf, nei o das feine züpflete Sunndigsbrot, wo wältberüemt isch. Mer müesse aber nid meine, es chöm nume z Bärn vor. Me gchennt's im ganze süddütsche Kulturkreis, vo Bayre über ds Schwabeland bis i d Schwyz. Vermuetlech isch di Züpfe zersch es Opferbrot gsi, wo het müesse es Haaropfer (und dermit es Mönschenopfer) vortüüsche. Ds Haaropfer gchenne mir o im Chrischtetum bi de Mönche und Nonne. Speter isch di Züpfe ds Wienachts- und Toufibrot und -gschänk par excellence worde, der Stolz vo jeder Husfrou – o vo mir! –, und derzue no ersch nid äxtra tüür! Ds Glungnigschte drann isch ja, dass me der Züpfeteig anders züpflet als d Haar, mit zwo Strähne, wo me über ds Chrüz leit und de gägenand zämeflächtet.

Aber zrügg zu de Haar. Es git im «Schwyzerdütsche Sprachatlas» e diräkt spannendi Charte über d'Züpfe (IV, 7). I der ganze öschtleche Schwyz seit me Zopf, im Baselbiet und im Glarnerland heisst es Zupfe und im Wallis Tretsche. Aber die weschtlechi Dütschschwyz, vorab ds Bärnerland teilt sech i drei scharf abggränzti Regione! Öschtlech vo der Aare und bis i d Mitti vom Aargou, aber o di ganzi Innerschwyz seit Züpfe. Weschtlech vo der Aare, vom Bielersee über ds Dütschfriburg, ds Schwarzeburgerland bis i ds innerschte Simmetal und Saaneland heisst es Trütsche; und ds innere Oberland vo Leissige bis uf Gadme seit Flächte. I de weschtleche Stedt Bärn, Basel, Aarau ghört me meh Zopf als Züpfe. Mir hei als Chinder geng Zopf gseit, Züpfe isch ds Gebäck gsi. Das isch allwä ender e hochdütschen Yfluss, nid e zürcherische.

D Trütsche: Das Wort wyst sicher i ds romanische Sprachgebiet. Französisch heisst d Züpfe «la tresse», italiänisch «la treccia». Das chunnt vom Griechische «trix, trichos», wo Haar bedütet. «Trichia» het irget es Haargebilde chönne heisse, und das isch allwä via Marseille, där uralte Griechekolonie, nach Weschteuropa cho. Im Waadtländer Patois seit me «treche» (mit emne «Ich-Laut»). Wiso de bi üüs dürewäg Trütsche mit -ü-? Me weis es nid. Im Frutigland heisst es Trötsche. Het sech der Stammlut ggrundet (Tretsche – Trötsche – Trütsche) wäge der Nachbarschaft vom Wort Züpfe? Oder het amänd ds Zahlwort drü ynegspilt, wil es ja drei Strähne bruucht?

Problemlos isch ds Wort Flächte im innere Oberland. Es isch am neechschte bim hochdütsche «Haarflechte». Verdanke mer's ächt de Turischte, wo sech vo de schöne Brienzersee-Schifferinne mit irne länge Züpfe hei la verzoubere? Vilecht hei d Oberländerinne ja bi däm Name o eifach a d Arbeit, a ds Flächte ddänkt.

Was het «sech züpfe» mit der Züpfe z tüe? het me mi gfragt. «Züpf di!» het men albe gseit für: Schwyg und folg! oder: Gang jitz, aber lysli! oder: Pressier echly! Us de «Stübli»-Briefe gsehn i, dass me dä Usdruck no im ganze Kanton ume gchennt, aber allwä nume no im Ämmetal und Oberland würklech bruucht. Änet de Gränze vom Bärnbiet chunt er niene vor. Scho 1812 zitiert ne der Dekan Stalder nume für ds Bärner Oberland.

I der öschtleche Schwyz seit me derfür: sech zäpfe oder ohni «sech»: dervozäpfe. Ds Grimm-Wörterbuech zitiert «sich zäpfen» o rächt usfüerlech für Dütschland im Sinn vo «sich eilig wegbegeben, sich sputen». Das Verb wird im allgemeine abgleitet vom Houptwort Zapfen; zapfen het albe bedütet: Vom Fass wäg Bier oder Wy verchoufe. Und wil's da derby geng luschtig zueggangen isch und d Flüssigkeit unkontrolliert grünelet het, isch es zu de Usdrück cho: «Verzapf keinen Blödsinn!» oder «er verzapft sich» für: er strycht sech vo der Arbeit. Ds Houptwort Zapfe chunt vom lutmalerische tap, wo o am Ursprung vom Verb tappen steit (sech lysli fürsi taschte). Die Bedütig isch ja ganz naach vo dere vo «sech zäpfe».

So wär's o müglech, das sech zäpfe ohni Umwäg über ds Wort Zapfe diräkt vo tap abstammet, mit der «normale» Lutverschiebig vo t zu z und vo p zu pf.

Und jitz «sech züpfe». O da bruuche mer ke unerklärleche Umwäg über ds Wort Züpfe aaznää. Wi tap isch o tup e lutmalerischi Silbe. Ds U tönt derby dunkler als ds A. Es chunt luschtigerwys gärn i Wörter vor, wo öppis i üsem Rügge bedüte. O d Züpfe hange meischtens am Rügge. Zuff! syg, heisst's im Grimm-Wörterbuech, albe e Ruef vo de Fuerlüt gsi für Tier und Mönsche: Stellet nech hinden y! oder: Göt echly zrügg! Zuffen oder zupfen het de chönne bedüte: Sech hindenache still ha, bis men a d Reie chunt. O d Bruefsbezeichnig Zofe söll vo dahär cho: Das isch ds Chammermeitli, wo bim Usga d Madame begleitet het, aber geng schön zwee Schritt hindedry. Da passt o «sech züpfe» guet yne.

Wän wunderet's da, dass d Züpfe us der Mode cho sy? Und dass es üüs Froue wöhler isch mit ganz churze

Haar? Wortgschichte sy o politischi Sitte-Gschichte, und d Froue-Unterdrückigsgschicht isch o ne Haar- und Strählgschicht. I blybe mym Vatter ewig dankbar, dass my Schwöschter und i nie, scho als chlyni Chind nid, hei müesse Züpfe ha. Vive la liberté!

Zum Schluss: Es züntrots Herbschtblatt

Voletscht han i uf nes paar wunderschöne Herbscht-bümmel i de Bärge geng wider zwüsche de Steine und Wurzle herrlechi farbigi Storcheschnabelbletter gseh: Hällgrüeni näbe dunkelrot-grüen gflammete, züntroti und meisgääli mit und ohni zartgrüenem Rändli, und de o bruuni, verchrugleti, wo mit em Läbe abgschlosse hei. Wärde – Sy – Verga – alls näbenenand a der glyche Pflanze und alls so rächt lüüchtig und wytume sichtbar. I bi ganz philosophisch worde ab allem Luege, und de het's mi albe o wider regelrächt ufgstellt, wen i so nes ziegelrots Blatt, wo sech gar nid versteckt het, scho vo wytem gseh ha: Me cha also alt wärde, ohni sech z scheniere, me darf d Farbe la lüüchte bis zletscht, o ds Verga cha schön sy, nid nume ds Wärde und ds Sy…

Churz, mir sy bi däm Luege fasch Pegasusflügel gwachse. Aber gottlob ändet jede dichterische Gump bi mir geng vorzytig i nere Sprach-Grübelei, und so isch es mer o dasmal ggange. I ha nämlech am Wort «wärde» aafa umestudiere und mer müesse säge, das chöm im Bärndütsche geng sältener vor. Es chlyses Byschpil: Wie tätet Dihr uf richtig guet bärndütsch der dritt Värs vom Alte Teschtamänt übersetze: Gott sprach: Es werde Licht! Und es ward Licht? Sieget Der: Es söll heitere! Und es het gheiteret – oder ender: Es söll Liecht gä! Da het's Liecht ggä? Oder tönt das doch zweni fyrlech? Mir sy bi der wörtleche Übersetzig bblibe: Liecht söll wärde! So isch ds Liecht worde. Aber Dihr gspüret: Ganz hüttigs Bärndütsch isch das nid, und zwar ligt's am Wort wärde.

Früecher het me zwar das Wort sogar als Houptverb chönne bruuche. I ghöre no jitz dä Lehrer z Stäffisburg, wo vo nere müesame, pääggelhäärige Klass gseit het: «E strubi Bande. Aber äbe, wo die worde sy, het grad der Chrieg aagfange!» – Das heisst: «Wo die gebore sy...» – Hütt verschwindet «wärde» aber o als Hülfsverb. Voletscht han i sogar i der Stadt öpper ghöre säge: «Da bin i verruckt cho» – grad wi wen er en Oberländer wär! De passive Forme begägnet me chuum meh imene bärndütsche Satz. Statt: «So eine sött gstraft wärde» seit me: «Dä sött me strafe», und «Hier darf gelacht werden» übersetze mer mit: «Da chasch de lache». Nid, dass ig em Passiv i der Grammatik tät nachetruure. Di meischte moderne Sprache wärfe's hütt über Bord – di mündleche voraa, und zu dene ghören äbe üsi Dialäkte.

O d Zuekunft tönt im Bärndütsch schlächt mit «wärde». «I chume de», nid: «I wirde cho» seit me. We me «wärde» bruucht, so tönt das im Gägeteil ender zwyfelhaft. «He ja, er wird scho rächt ha» bedütet doch eigetlech: I bi überzügt, dass er nid rächt het.

Und gnau so verschwindet «wärde» o im bärndütsche Bedingigssatz. Di alte Bärner säge no hütt «i wurd, mir wurde». «Die wurde mi ja!» han i einisch im Burgerspittel ghört. Ergänze müesst me: «abmurxe vor Töubi». Aber uf der Strass ghört me das nümm. «Wenn er die Reparatur heute abschliessen würde, würde er uns benachrichtigen» – übersetzet das uf bärndütsch! «Wen er hütt no fertig miech» oder «möcht», «so tät er's is z wüsse» oder: «so sieg er is Bscheid.» D Bärner sy nämlech wahri Konjunktivchünschtler, emel i de starche Forme. I miech, i chiem oder chuum oder chäm, i chuuf, i gub, i blub – fasch für jedes Tuewort hei mir hütt e starchi Müglechkeitsform. Und we mer scho es Hülfsverb bruuche, de hei mer «tät» vil lieber als «wurd» oder «würd». Nid grad so wi d Walser uf em Heinzebärg, wo säge: «Är het gmäint, im passa tääț er nit schlächt» (us de Gschichte «Wier und schii» vom Luzi Jenny), aber mir alli säge ender: I tät das nid abschicke statt: I wurd oder würd das nid abschicke.

Sy mir Bärner eigetlech so unbeweglech, so undynamisch, dass ds Wort «wärde» bi üüs geng meh verschwindet? Vilecht het's en andere Grund. Im Hochdütsche töne vil Sätz mit «werden» sehr theoretisch und abstrakt, und das passt üüs im Dialäkt nid. Dä blybt gärn «terre à terre» im ganz Praktische, wo me cha gryffe und gseh. Drum lyre mir das Wärde gärn grad i ds Wort y, wo's derzue ghört. Mir säge: es heiteret statt es wird häll, es het gchaltet i de letschte Tage, d Ähri lybe (Loosli) und d Härdöpfel sacke, es guetet em einte u böset em andere... I wett üüs allne wünsche, dass mir ganz süferli chöi alte und d Fröid am Läbe dörfe bhalte wie nes züntrots Herbschtblatt.

Register

Register der berndeutschen Wörter, die auch besprochen oder angeführt werden. Die Zahlen geben das Kapitel an, in dem man sie findet.

Quellenverzeichnis

Oscar Bloch/Walther von Wartburg, Dictionnaire étymologique de la langue française. 7e édition. Paris 1986.

Otto von Greyerz/Ruth Bietenhard, Berndeutsches Wörterbuch. 6., ergänzte Auflage. Muri bei Bern 1997.

Jacob und Wilhelm Grimm, Deutsches Wörterbuch. München 1984.

Friedrich Kluge, Etymologisches Wörterbuch der deutschen Sprache. 21. Auflage. Berlin/New York 1975.

Werner Marti, Berndeutsch-Grammatik. Muri bei Bern 1985.

Ortsnamenbuch des Kantons Bern. A–K (Ch). Bern 1976/1987.

Julius Pokorny, Indogermanisches etymologisches Wörterbuch. Bern/München 1959.

Roland Ris, Bibliographie der berndeutschen Mundartliteratur. Langnau 1989.

Sprachatlas der deutschen Schweiz. Hg. von Rudolf Hotzenköcherle. Bern 1962–1997.

Franz Joseph Stalder, Versuch eines Schweizerischen Idiotikon. Aarau 1812.

Wörterbuch der schweizerdeutschen Sprache. Band 1–15. Frauenfeld 1881–1999. (Auch zitiert als Schwyzerdütschs Wörterbuech.)

Gertrud Züricher, Kinderlieder der Deutschen Schweiz. Basel 1926.